たにざきじゅんいちろう

【日】谷崎润一郎

阴翳礼赞

陈德文——译

上海译文出版社

图书在版编目（CIP）数据
阴翳礼赞/（日）谷崎润一郎著；陈德文译.
—上海：上海译文出版社，2016.1（2019.6重印）
ISBN 978-7-5327-7109-7

Ⅰ.①阴… Ⅱ.①谷…②陈… Ⅲ.①随笔—作品集—日本—现代
Ⅳ.①I313.65

中国版本图书馆CIP数据核字(2015)第271286号

谷崎潤一郎
陰翳礼讃

阴翳礼赞
陰翳礼讃

［日］谷崎润一郎 著
陈德文 译

出版统筹 赵武平
责任编辑 刘 玮
装帧设计 人马艺术设计·储 平

上海译文出版社有限公司出版、发行
网址：www.yiwen.com.cn
200001 上海市福建中路193号
上海盛通时代印刷有限公司印刷

开本787×1092 1/32 印张5.5 插页5 字数72,000
2016年1月第1版 2019年6月第8次印刷

ISBN 978-7-5327-7109-7/I·4304
定价：35.00元

目　录

阴翳礼赞

如今，讲究家居的人，要建造纯日本式的房子住，总是为安装水电、煤气而煞费苦心，想尽办法使得这些设施能和日式房间互相适应起来。这种风气，使得没有盖过房子的人，也时常留心去过的饭馆和旅店等场所。至于那些特立独行的雅士们，将科学文明的恩泽置之度外，专到偏僻的乡间建一座草庵居住，这些人自当别论；但一个人口众多的大家庭，既然住在城市，不管多么讲究日本风格的人，总不能一概排斥现代生活所必不可少的暖气、照明和卫生设备。然而，死心眼儿的人，为着装一根电话线而大伤脑筋，楼梯背后，走廊一角，尽量找那些不碍眼的地方。另外，庭园里的电线埋在地下，房间内的开关藏在壁橱里或地柜下面，电线扯在屏风后头。千思万虑，其结果是有些作为过于神经质，反而使人觉得是自找麻烦。实际上，电灯之类，我们的眼睛早已适应，何必如此勉强，外头加上一个老式的浅浅的乳白色的玻璃罩，使灯泡露出来，反而显得自然、素朴。晚上，从火车车窗眺望田园景色，民间茅屋的格子门里，看到里头吊着一盏落后于时代的戴着浅灯罩的电灯，感到实在风流得很。然而说起电扇，那响声，那形态，倒是同日式房间难以调和。一般的人家，不喜欢可以不用，不过到了夏天，生意人家里就不能一味迁就老板的喜好了。我的朋友偕乐园店主非常讲究住居，他讨厌电扇，客厅里很久都不用。可是每年一到夏季，客人叫苦连天，结果不得已还是装上了。就说我吧，早几年，也不顾自己的身份够不够，花了一大笔钱盖了一栋房子，那时就有同样的体会。要是连建材器具等细微末节一概在意，就会更加感到困难重重。比如一扇格子门，依照兴趣并不想安玻璃，然而要是全使用纸，则不利于采光和关闭。没办法只得里边贴纸，外边装玻璃。为此，表里要做两道沟槽，花费自然要高。即便做到了这一点，从外面看，只是一个玻璃门，从里面看，纸后头有玻璃，仍不像真的纸门那般温润柔和，有点儿令人生厌。早知这样，当初只做成玻璃的就好了，这时才后悔起来。只管笑话别人，轮到自己，不到那个份儿上是不甘心认输的。近来的电灯用具，有座灯式的，提灯式的，八角式的，烛台式的种种，我对哪个都不中意，从古董店里找到古时用的煤油灯、夜明灯和床头座灯，安上灯泡。最头疼的是采暖设计，说起来，大凡炉子之类都不适合日式房间，煤气炉燃烧时声音大，且又不装烟囱，容易令人头昏起来。在这一点上，电炉倒很理想，不过形态同样难看。电车上使用的暖炉，安装在地板洞内，倒不失为一个良策，但看不到红色的火焰，觉不出冬天的气氛，也不适于一家人团圆的场合。我绞尽脑汁，造了一个民家常有的大火炉，里头装入电炭，既能烧水，又能取暖，除了费用高些之外，样式颇为成功。暖气倒是装得精巧，下面的困难是浴室和厕所。偕乐园主人不喜欢浴槽和冲水的地方贴满瓷砖，客用的澡堂全部木造。当然，从经济、实用这一点上说，贴瓷砖要优越得多了，只是天棚、房柱、板壁使用上等日本木料，部分地方却是花哨的瓷砖，整体上看起来不够和谐。刚建的房子看不出，经年累月，木板和房柱渐渐现出木纹，而瓷砖却依然洁白闪亮，就好比一棵树嫁接上一根竹子。不过浴室根据个人喜好，牺牲几分实用价值倒也无所谓，一到厕所更大的麻烦事儿就来了。

我每次到京都、奈良的寺院，看到那些扫除洁净的古老而微暗的厕所，便深切感到日本建筑的难能可贵。客厅固然美好，但日本厕所更能使人精神安然。这种地方必定远离堂屋，建筑在绿叶飘香、苔藓流芳的林荫深处。沿着廊子走去，蹲伏于薄暗的光线里，承受着微茫的障子门窗的反射，沉浸在冥想之中。或者一心望着外面庭园里的景色，那心情真是无可言表呢。漱石[①]先生把每天早晨上厕所当成一大乐事，说是一次生理的快感。要品味这样的快感，当数身处于闲寂的板壁之中、能看见蓝天和绿叶之色的日式厕所为最佳场合。为此，我再说一遍，一定程度的微暗，彻底的清洁，静寂得只能听到蚊蚋在耳畔嗡嘤，这些都是必需的条件。我喜欢在这样的厕所里倾听潇潇而降

① 夏目漱石（1867—1916），明治时代作家、学者、教授。著作有小说《我是猫》、《哥儿》、《草枕》，三部曲《三四郎》、《从此以后》和《门》等。

的雨声。尤其是关东的厕所，地面开着细长的便道，房檐和树叶流下来的雨滴，洗涤着石灯笼的基座，润湿了脚踏石的青苔，然后渗进泥土。那静谧的声音听起来多么亲切！诚然，厕所极为适合于虫鸣、鸟声，也适合于月夜，是品味四季变化和万物情趣的最理想的去处。恐怕自古以来的俳句诗人，从这里获得了无数的题材吧。故而，应该说最风流的地方是厕所。将一切诗化的我们的祖先，把住宅中本来最不洁净的地方一变而为雅致的场所，令其同花鸟风月相结合，包裹于依依难舍的怀恋之中了。西洋人总认为这地方不干净，在公众面前绝口不提，比起他们，我们要聪明得多，的确获得了风雅的真髓。如果硬要说缺点，因远离堂屋，夜间入厕很不方便，尤其冬天里有引起感冒之虞。然而，正如斋藤绿雨[①]所言："风流即清寒。"那样的场所，里外空气一样冷，反而使人觉得心情舒畅。饭店的西式厕所通着暖气，实在可厌。可是喜欢建造风雅居室的人，谁都觉得这种日本式的厕所最为理想。寺院里的建筑

① 斋藤绿雨（1867—1904），明治时代作家。作品有小说《捉迷藏》、随笔集《雪珠酒》等。

物宽阔轩敞，住的人少，打扫的人手也很齐备，自然不成问题，可是普通住宅，要经常保持干净是不容易的。尤其一装上地板和草席，又讲求繁琐的礼仪作法，即便勤于扫除，也会污迹斑斑。结果又只得铺上瓷砖，安装冲洗水槽和马桶等净化设施，既卫生又省事。但是这样一来，可就和什么“风雅”、“花鸟风月”完全绝缘了。厕所顿时明亮起来，四面一片雪白，要尽情享受漱石先生所说的生理快感，那就太困难了。固然，一眼望去，随处一派纯白，清洁倒是清洁，但自己体内之物的排泄场所，用不着这般讲究。一个冰清玉洁、美若天仙的女子，在大庭广众之中扭屁股伸腿总是不礼貌的行为。同样，于光亮之处赤身露体，说得过分些，这更有伤风化，可见的部分很清洁，不可见的部分却使人想入非非。还是那种地方好，一切包裹在薄暗微茫的光线里，不论哪里洁净哪里不洁净，倒是界限模糊、扑朔迷离一些为好。所以，我在建造自家房屋时，净化装置倒是有，可是瓷砖等一律不用。地板铺楠木的，具有日本风格。头疼的是便器，大家知道，冲水式的都是白瓷制作，带有光洁锃亮的把手。我所要的不管男用还是女用，木制的最好。打蜡的更理想，岁月一久，木质变得有些黝黑，木纹渐渐显现奇妙的魅力，可以安神养性。尤其是把青翠的杉树叶子填进小便池，不仅好看，而且听不到一点儿响声，应该说非常理想。我虽然不至于学得这般豪奢，但总想建造一个中意的，打算使用冲水式的便池。不过要是特别定做，既麻烦又破费，只得作罢。而且，当时我一直考虑这样一个问题：照明、暖器和厕所，引进文明利器固然无可非议，但为何不能稍稍尊重和顺应我们生活的习惯和爱好，略加改良呢？

已经流行的座式电灯，使我们一时忘却的“纸”所具有的柔和与温馨得以再现，证明这种设施比起玻璃制品更适合日本式的房子。但便器和火炉，直到今天还未见到有合适的样式出售。关于暖器，根据我的尝试，炉子里装上电炭最好，但就连这种简单的设施都无人制作（微弱的电火盆倒是有，只是同普通火盆一样，不能当暖气使用）。现有的东西都是不实用的西式暖炉。对衣食住行中的各种琐细的趣味处处用心，这实在太奢侈了。也许有人说，只要能度过寒暑饥饿，管它什么样式不样式。事实上，不论如何坚忍，“下雪的日子最寒冷”，只要眼前有了便利的器具，再也无暇顾及什么风流不风流。喋喋不休讲述这些东西的恩惠，虽然已成为一种不得已的趋势，但依我看，假若东方独立发展完全不同于西方的科学文明，那么我们的社会状况也就会和今天迥然相异吧？这个问题时常引起我的思考。例如，假设我们有独立的物理学、化学，我们也就能独立完成以此为基础的另一种发展，日常使用的各种机器、药品、工艺品等，就会更加适应我们的国民性，不是吗？而且，就连物理学和化学本身的原理，也会产生不同于西方人的见解。甚至光线、电气、原子等的本质和性能，和我们今天所学的东西相比，也许会呈现全然不同的形态。我不懂得这些科学原理，只是凭着模糊的想象罢了。不过，至少实用方面的科学发明，如能走独创的道路，衣食住行自不必说，甚至对于我们的政治、宗教、艺术及工业等形态，也不可能不产生广泛的影响。不难想象，东方就是东方，我们完全能够独自开辟自己的乾坤。举个最近的例子，我曾在《文艺春秋》杂志发表文章，谈到钢笔和毛笔的比较。我说假如钢笔过去由日本人或中国人发明制造，那么笔端一定不会采用钢笔尖儿，而是使用毛笔头儿。而且墨水不会是蓝色的，而是近乎墨汁一样的液体。还会想方设法使得这种液体顺笔杆儿向毫端渗透。若是这样，纸也不便于用西式的纸，即使大批生产，其纸质也必须近似和纸[①]或改良半纸[②]。一旦纸张、墨汁和毛笔发达起来，钢笔和墨水就不会像今天这样流行了。因此，罗马字论[③]等也不会大行其道，大众对于汉字、假名的热爱也将进一步增强起来。不，不仅如此，我等的思想和文学或许也不再一味仿效西方，而朝着独创的新天地突飞猛进吧？如此看来，哪怕小小的文具，其影响所及也是广大无边的。

我很清楚，以上种种看法只是小说家的空想，时至今日，这个趋势已经无法逆转了。因此，我所说的这些更不可能实现，只不过发发牢骚罢了。但是，牢骚固然是牢骚，想想我们比西方人吃了多大亏，发发牢骚也未尝不可

---

① 日本传统用手工漉制的纸张。

② 学生习字用的仿纸，又叫仿红纸。

③ 二战后美国占领军曾以日语中使用的汉字太多，学起来困难，妨碍日本民主化进程为由，主张将日语用罗马字来标记。

嘛。总之一句话，西方是沿着顺利的方向发展到今日，我们是遭遇优秀的文明而不得不接受下来。结果呢，走向和过去数千年发展进程完全不同的方向。由此，产生了各种障碍和曲折。当然，要是我们被弃置不管，今天也许和五百年前一样，不会取得物质上的大发展。现在，走到中国和印度的农村，那里仍然过着同释迦牟尼和孔夫子时代几乎相同的生活。但他们毕竟选择了合乎自己性情的方向，虽然迟缓，多多少少总是在坚持进步。说不定有朝一日，不需要借鉴别人，发见真正适合自己的文明利器，以取代今天的电车、飞机和无线电。举个简单的例子，就拿电影来说，美国、法国和德国在明暗度和色调上都不一样。演技和编剧姑且不论，仅就摄影而言，都带有国民性格上的差异。即便使用同一种机器、药品和胶卷，也还是这样。我想，假若我们有自己固有的照相技术，那会极好地适应我们的皮肤、容貌和气候风土。还有收音机和无线电，假若由我们发明，就能更准确地发挥我们在声音和音乐方面的特长。本来我们的音乐是含蓄的，以精神为本位的，一旦灌入唱片，或用扩音器广播，就失去了大半的魅力。在说话艺术方面，我们的声音轻柔，语言较少，而且最重视

“间隔”。然而一上机器，这种“间隔”就给完全抹消了。所以，我们欲迎合机器，机器却歪曲了我们的艺术本身。至于西方人，机器本来就是在他们中间发展起来的，当然符合他们的艺术需要。在这一点上，我们实在吃了不少亏。

听说纸这东西是中国人发明的，对于西洋纸，我们只当做实用品，此外没有任何感触，然而一看到中国纸和日本纸的肌理，立即感到温馨，舒畅。同样洁白，而西洋纸的白不同于奉书纸①和白唐纸②的白。西洋纸的肌理有反光的情趣，奉书纸和唐纸的肌理柔和细密，犹如初雪霏微，将光线含吮其中，手感柔软，折叠无声。这就如同触摸树叶，娴静而温润。我们一旦见到闪闪发光的东西就心神不安。西洋人的餐具也用银制、钢制和镍制，打磨得锃亮耀眼，但我们讨厌那种亮光。我们这里，水壶、茶杯、酒

---

① 楮树纤维制造的较为厚实的高级和纸。

② 使用胡粉(云母、贝壳等研制的白色颜料)刷制成各种花纹的中国纸。

铫，有的也用银制，但不怎么研磨。相反，我们喜爱那种光亮消失、有时代感、变得沉滞黯淡的东西。无知的女佣将带着锈迹的银器擦拭得光亮如新，反而遭到主人的叱骂，这种事儿谁家都曾发生过。近来，中国菜一般都采用锡制的餐具，大概中国人喜爱那种古色古香的东西。锡制品类似铝制品，虽然感觉并不好，但中国人用起来，务必要求有时代标记而富于雅味者。而且，表面即使刻有诗文，也要同黝黑的纹理和谐一致。就是说，一到中国人手里，轻薄而光亮的锡金属，一律变得像朱砂一般深沉而厚重。中国人也爱玉石，那种经过几百年古老空气凝聚的石块，温润莹洁，深奥幽邃，魅力无限。这样的感觉不正是我们东方人才有吗？这种玉石既没有红宝石、绿宝石那样的色彩，也没有金刚石那样的光辉，究竟爱的是什么呢？我们也弄不清楚。可是一看那浑厚蕴藉的肌理，就知道这是中国的玉石，想到悠久的中国文明的碎屑都积聚在这团浑厚的浊云之中，中国人酷好这样的色泽和物质，也就没有什么奇怪，可以理解了。近来由智利大量进口水晶，较之日本的水晶，智利水晶过于清澈明净。过去，甲州产的水晶透明中满布着淡淡的云翳，感觉非常凝重。有一种名叫网金红石的，内里混合着不透明的固体，反而为我们所喜爱。哪怕玻璃，经中国人之手制作的所谓乾隆玻璃，比起一般玻璃来，更近似玉石或玛瑙。玻璃制造术很早就为东方人所知晓，但不如西方那样发达。陶瓷的进步，无疑和我们的国民性有关。我们自然也不是一概讨厌闪光的东西，但较之浅显明丽，更喜欢沉郁黯淡。无论天然宝石还是人工器物，肯定都带有令人想起那个时代光泽的云翳。中国有“手泽”一词，日本有“习臭”一语，长年累月，人手触摸，将一处磨亮了，体脂沁入，出现光泽。换句话说，就是手垢无疑。看来，“寒冷即风流”；同时还有一警句——“污秽出文雅”也能成立。总之，我们所喜好的“雅致”里含有几分不洁以及有碍健康的因子，这是无可否认的。西方人将污垢连根拔除，相反，东方人对此却加以保存，并原样美化之。说一句不服输的话，从因果关系看，我们喜欢那些带有人的污垢、油烟、风沙雨尘的东西，甚至于挖空心思爱其色彩和光泽，而且一旦居于这样的建筑和器物之中，便会奇妙地感到心气平和，精神安然。因此，我总在想，医院墙壁的颜色、手术衣和医疗器械等，既然以日本人为对象，还是不要摆放光亮洁白的东西，换上一些黯淡柔和的不很好吗？要是墙壁改为砂壁或者什么的，可以躺在日式客厅的榻榻米接受治疗，那么就能使病人情绪稳定下来。我讨厌到牙科医生那里去，其中一个原因是不想听那咯吱咯吱的响声，另外一个原因是闪光的玻璃、金属器械太多，使人害怕。我在患严重神经衰弱的时候，有一位由美国回来的牙医带来了最新式设备，我一听就毛骨悚然。我爱到乡间小镇落后于时代的牙科诊所去，那里的手术室设在古风的日式房子里。古色的医疗器械倒是令人有点困惑，但近代医疗技术要是在日本获得发展，就会考虑到如何使医疗设备和器械同日本房间更加和谐一致。这就是引进给我们带来损失的一个例子。

京都有一家著名餐馆，叫“草鞋屋”。这家餐馆的客厅历来不用电灯，以点燃古老的烛台而广为人知。今年春天，我走进这家久违的餐馆一看，不知何时又换成了纸罩电气座灯。我问是什么时候开始的，回答说去年。“很多客人反映，蜡烛太暗，没办法这才改成这个样子。有的客人喜欢老样子，我们就送上烛台。”我此行是专为恋旧，所以请他们换上烛台。这时候我感到，日本的漆器之美，只有在这朦胧的微光里才能发挥到极致。草鞋屋的客间是小巧的“四叠半”茶室，壁龛的柱子和天棚等设施都泛着黑黝黝的光亮，使用电气座灯也还是感到黯淡。如今再换成更黯淡的烛台，烛火摇曳，灯影里的饭盘、饭碗，一眼瞅去，蓦然发现这些涂漆的餐具变得幽深、厚重起来，具有先前无可比拟的魅力。由此可见，我们的祖先发现漆这种涂料，并挚爱漆器的光泽，这不是偶然的。听朋友萨巴卢瓦说，印度现在鄙视使用瓷碗，而多用漆器。我们相反，只要不是茶会、仪式，饭盘和汤碗之外，几乎都是瓷器。一提到漆器，就觉得俗气，缺少雅味。这种感觉也许是采光和照明设备所带来的“明朗感”引起的。事实上，可以说，没有“黯淡”作为条件，就无法体味漆器之美。如今出现了白漆这种东西，但自古以来，漆器的肌理唯有黑、褐、红，这三种颜色是一重重“黑暗”堆积出来的，可以看做是在包裹四围的黑暗中的必然产物。绘有漂亮泥金画的光亮的涂蜡首饰盒、文几、搁板等，有的看上去花里胡哨，俗恶不堪。假如使这些器物周围的空白充满黑暗，再用一盏灯光或一根烛火代替日光或电灯映照过去，那你看吧，原来花里胡哨的东西就会立即变得深沉而凝重起来。古代的工匠在这些器物上涂漆、绘泥金画的时候，头脑里必然想到这种黑暗的屋子，以追求作品在贫光环境里的效果。即使是豪华的烫金器皿，看来也是考虑到浮沉于黑暗中的色调以及反射灯火的强弱程度。就是说，泥金画不适合在光明之处一览无余，而是供人们在晦暗之处，一星一点，由部分到全体，渐渐看到底光来的。那豪华绚烂的画面大半潜隐于黯淡之中，催发着一种无可名状的闲情余绪。而且，那闪光的肌理，于暗中看上去，映着摇曳的灯火，使得静寂的房间里，仿佛有阵阵清风拂面而来，不知不觉将人引入冥想之中。假如阴翳的室内没有一件漆器，那烛光火影酿造出来的奇妙的梦幻世界，还有那闪动的光明所荡起的夜的脉搏，真不知要减损几多魅力啊！这正如榻榻米上有几条小河在流淌，水聚满了池子，随处捕捉着灯影，逐渐变得纤细、幽微、闪闪跳跃，在夜的肌肤上织造着泥金画般的绫罗。总之，作为餐具，瓷器固然不错，但瓷器缺少漆器那样的阴翳和深沉。瓷器用手一摸，重而且冷，传热快，不便于保温，再加上一碰撞就发出喀嚓喀嚓的声音。而漆器手感轻柔，不会发出刺耳的响声。

我每次端起汤碗来，就感到掌心里承载着汤汁的重量，我最爱那新鲜而温暖的情味。那感觉宛若手里捧着一个刚落地的婴儿胖乎乎的肉体。汤碗至今依然使用漆器，这是很有道理的。瓷器不可用来盛汤汁，首先，一掀开盖子，汤汁的内容与色泽就一览无余，而漆碗的好处是，揭开盖来送到嘴边这一瞬间，当你看到幽深的碗底无声沉淀的液体同容器的颜色相差无几时，那是什么心情？人固然不能分辨碗底的幽暗里有些什么，但手里能感觉出汤汁缓缓摇动，碗边上渗着些微的油汗，由此可知从这里还在不断腾起水气。这水气使人在汤汁未送到唇边之前，已经朦胧预感到了香味。这一瞬间的心情，比起将汤汁盛在浅白的西式瓷盘里，真是天壤之别啊！应该说，这是一种神秘，一种禅味。

我把汤碗置于面前，汤碗发出嗞嗞声，沁入耳里。我倾听着这遥远的虫鸣一般的声音，暗想着我即将享用的食物的味道，每当这时，我便感到堕入了三昧之境。据说茶人在听到水沸声时，就联想到山上的松风，进入无我之境，恐怕我也是类似的心情吧。有人说日本料理是供观赏的，不是供食用的，而我却说，比起观赏来，日本料理更能引起人的冥想。这是黑暗中闪烁的烛光与漆器，合奏出来的无言的音乐所起的作用。漱石先生曾经在《草枕》一书中赞美羊羹的颜色，这么说来，那种颜色不也是冥想之色吗？冰清玉洁的表层，深深汲取着阳光，梦一般明净，含在嘴里，那感觉，那深沉而复杂的色相，绝非西式点心所能见到。奶酪等与之相比，何其浅薄、单调！这羊羹盛在漆器果盘里，其表面的色泽看起来明显地黯淡而深沉，同样唤起人的冥想。人将这种冰冷滑腻的东西含在嘴里的时候，感到室内的黑暗仿佛变成一个大糖块，在自己的舌尖上融化。哪怕是口感不佳的羊羹，这时也会平添一层特别的美味。所以，不论哪个国家，总是想尽办法使菜肴的色泽和餐具、墙壁的颜色相调和起来。日本料理若于明亮之处、用洁白的餐具，吃起来会食欲大减。例如，我们每天早晨吃的红酱汤，观其颜色，就会知道是在黯淡的作坊里制造而得以发展的。我曾应邀出席一次茶会，端出一道酱汤，同平时所吃的毫无两样，那浓厚的红土般的汁液，于飘忽不定的烛影之下沉淀在黑漆碗里，看起来实际上是一种甜美而极富深味的颜色。此外，上方地区①在吃生鱼片和腌菜时，使用一种名叫“黑溜”的浓质酱油当佐料，那黏稠而有光泽的汁液多么富有阴翳，而又能和“暗”相调和啊！至于白酱、豆腐、鱼糕、山药汁、白鱼片等发白的东西，周围明亮的时候，颜色就不显眼了。首先从米饭说起吧，盛在光亮黝黑的饭柜里，置于暗处，看起来既好看又能刺激食欲。刚煮成的白米饭，一打开锅盖，猝然腾起一股热气，盛进黑色的容器，粒粒赛珍珠，银光闪亮，日本人见了，谁不感到米饭的珍贵！细想想便会明白，我们的饭菜总是以阴翳为基调，和“暗”有着割不断的关系。

我对建筑完全是门外汉，西方教堂的哥特式建筑，屋顶又高又尖，最顶端高指云天，可谓非常美观。与此相反，我国的寺院首先在屋顶上蹲伏着巨大的屋甍，下面围绕着整个建筑的是广大幽深的庇檐。不仅寺院，就连宫殿、庶民住宅，外观上最惹眼的是高大的屋脊，有的瓦葺，有的

① 指京都、大阪一带。

草葺，庇檐下飘溢着浓密的黑暗。论时辰，即使是白天，屋檐下也萦绕着洞穴般的黑暗，几乎看不见入口、门扉、墙壁和柱子。无论是知恩院、本愿寺那样宏伟的建筑，还是草木扶疏的乡间民宅，一律相同。过去大多数建筑，檐下和檐上的屋脊部分相比，至少眼睛看上去，屋顶部分显得厚重、堆叠，面积广大。以此，我们营建住宅时，首先张开屋顶这把大伞，大地上落下一片日阴，然后就在这薄暗的阴凉地盖起房子来。当然，西式建筑也不是没有屋顶，但与其说是为遮阳光，毋宁说主要是为防雨露，尽量减少日阴，最大限度地让光线照射到内部。这种构想从外形上看，也是令人首肯的。如果说日本建筑是一把伞，那么西式建筑只能是一顶帽子，一顶便帽，帽檐儿窄小，只能把阳光挡在檐端。总之，日本房舍屋顶庇檐长，这恐怕和气候风土、建筑材料以及其他种种因素有关。例如，由于不使用砖瓦、玻璃和水泥，要防蔽横扫过来的风雨，就必须有深长的庇檐。比起黯淡的房间，日本人当然也认为明亮的房间更便利，但还是不得不那样生活过来了。然而，所谓美，常常是由生活实践发展起来的，被迫住在黑暗房子里的我们的祖先，不知何时在阴翳中发现了美，不久又为了增添美而利用阴翳。事实上，日本居室的美完全依存于阴翳的浓淡，别无其他任何因素。西方人看见日本居室，为其简素而震惊，只有灰色的墙壁，而无任何装饰，这对他们来说，自然难于理解，因为他们不懂得阴翳的奥秘。不仅如此，我们还在阳光难以照射的客厅外侧建筑土庇附着在廊缘上，进一步远避日光。庭院里反射过来的光线透过障子，静悄悄映进室内。我们厅堂美的要素就靠着这间接的微光。我们为了使得这种无力、静寂而虚幻的光线，悠然沁入厅堂的墙壁，特意涂抹成浅淡柔和的砂壁。库房、厨下、回廊等场所，使用发光的涂料，厅堂的墙壁几乎都是砂壁，很少使之发光。否则，那微弱光线所形成的阴柔之美就会消失。随处可见的无法捉摸的外光映照着昏暗的墙壁，艰难地保持着一点儿残余，我等便以这纤细的光明为乐。对于我们来说，这墙壁上的光明或晦暗强过任何装饰，看都看不够。因此，为了不打乱这砂壁上的亮度，当然要涂成一色。每间厅堂的底色虽然稍有差异，但这差异何其微小！这要说是颜色之差，不如说是浓淡之别，或者只能说是观者心情的不同罢了。而且，墙壁颜色的些微差异，又给各房间的阴翳带来不同的色调。尤其是我们客厅里有壁龛这种设置，悬着挂轴，摆着插花，这些挂轴和插花虽然也起着装饰的作用，但主要是增添阴翳的深度。我们悬上一幅挂轴，其用意在于挂轴与壁龛墙壁的调和一致，即首先注重所谓“映衬”的效果。我们重视构成挂轴内容的书画的巧拙，同样也重视裱装的好坏，实际上，这是因为假若“映衬”效果不佳，不论书画多么有名，这幅挂轴也变得毫无价值。相反，有时一幅独立的书画作品，虽然不属于大家手笔，但一挂上客厅的壁龛，同房间非常协调，使挂轴和客厅立即变得引人注目。那么这种本没有什么特色的书画挂轴，究竟在何处达到协调一致呢？这主要在于纸张、墨色和裱装的断片所具有的古色古香方面。此种古色和壁龛以及客厅的黯淡保持了适当的平衡。我们经常参拜京都和奈良的名刹，看到寺里被称为珍宝的挂轴，悬在幽深的大书院的壁龛里。这些壁龛大都白天也是黯然无光，看不清花纹图形。只能一边听向导的解说，一边追寻着渐次消泯的墨色，大致想象着那幅绘画的精美。那朦胧的古画和黯淡的壁龛是那般和谐一致，使得图案不鲜明非但不成为什么问题，反而让人感觉这种不鲜明恰到好处。就是说在这种场合，那绘画只不过是承受虚弱光线的幽雅的

“面”，只能起着和砂壁完全相同的作用。我们选择挂轴时十分讲究时代和“闲寂”，其理由就在于此。所以，新画，即使是水墨或淡彩，一不小心，就会破坏壁龛的阴翳。

如果把日本客室比作一幅水墨画，障子门就是墨色最浅的部分，而壁龛则是最浓的部分。我每当看到设计考究的日本客室的壁龛，总是感叹日本人十分理解阴翳的秘密，以及对于光与影的巧妙运用。为什么呢？因为这里并没有任何其他特别的装饰。很简单，只是以清爽的木料和洁净的墙壁隔出一片“凹”字形的空间，使射进来的光线在这块空间随处形成朦胧的影窝儿。不仅如此，我们眺望着壁龛横木后头、插花周围、百宝架下面等角落充溢的黑暗，明知道这些地方都是一般的背阴处，但还是觉得那里的空气沉静如水，永恒不灭的闲寂占领着那些黑暗，因而感慨不已。我认为西方人所说的“东方的神秘”这句话，指的是这种黑暗所具有的可怖的静寂。我们自己在少年时代，每当凝视着阳光照不到的客室和书斋的角落，就因难以形容的恐怖而浑身颤栗。那么这种神秘的关键在何处呢？归根到底，毕竟是阴翳在作怪。假如一一驱除角落里的阴翳，壁龛就会倏忽归于空白。我们天才的祖先，将虚无的空间遮蔽起来，自然形成一个阴翳的世界，使之具备远胜于一切壁画和装饰的幽玄之味。这似乎是一种简单的技巧，但实际上非常不容易。例如，壁龛旁边的凹凸、横木的纵深、框架的高度等，处处都要仔细经营。这种肉眼看不见的苦心是不难知晓的。我站在书斋的障子门前，置身于微茫的明光之中，竟然忘记了时间的推移。本来书斋这种场所，顾名思义，自古就是读书之处，所以开了窗户。然而，不知何时变成了壁龛采光的通道了。很多时候，窗户的作用与其说是采光，不如说是使侧面射进来的外光先经障子纸过滤一下，适当减弱光的强度。诚然，反射到障子门背面的光亮，呈现着多么阴冷而寂寥的色相啊！庭院的阳光，钻进庇檐，穿过廊下，终于到达这里，早已失去热力，失去血性，只不过使障子纸微微泛白一些罢了。我时常伫立在那障子门前，直视着那明亮而一点也不感到炫目的纸面。大迦蓝建筑的厅堂，距离院子很远，光线渐次变得薄弱，春夏秋冬，晴天雨日，晨、午、晚，一律淡白，殆无变化。障子门上纵向细密的沟槽里仿佛积满了灰尘，永远浸染进纸里，纹丝不动，令人感到惊讶。这时，我仿佛目迷于这梦幻般的光亮，不住眨着眼睛。面前似乎腾起一片雾气，模糊了我的视力。这是因为，那纸面上淡白的反光，无力赶走壁龛里的浓暗，反而被那黑暗弹回来，以致出现无法区别明暗的混迷世界的缘故。诸君进入这种客室时，会发觉房间里飘溢的光线不同于普通光线，这光线给人一种颇为难得的厚重感，不是吗？还有，你在这样的房间里不会感到时间的过去，不觉之间岁月流逝，抑或怀疑自己一旦出来会变成一位白发老人，从而对“悠久”二字抱有恐怖之念了。

诸君一走进大建筑内部的房间，就会发现，处于一切外光照不到的幽暗中的金隔扇、金屏风，捉住相隔老远的院子里的亮光，又猝然梦幻般地反射回去。这种反射，犹如在夕暮的地平线上，向四围的黑暗投以微弱的金光。我感到，自己从未看到过这样黄金般沉痛的美！我一边打前面通过，一边回首望之再三，从正面到侧面，移步随形，金地的纸面上的底光缓缓扩大开来。这光线绝不是匆促的一瞬，而是像巨人变脸一样，目光炯炯，久久逼人。有时真感到不可思议，那细纹纸面上一直昏昏欲睡的迟滞的反光，为何一转到侧面，看上去宛如灼灼燃烧的烈火？这种黑暗的角落怎能聚攒如此众多的光线？当我想起古人用黄金为佛像装身、贵人用黄金镶嵌房屋的四壁，我才明白他们这样做的意义。现代的人住在明亮的房子里，不知道黄金的美。住在黯淡房子里的古人，不仅沉迷于这种美好的色相，还知道黄金的实用价值。这是因为，在光线微弱的室内，金色肯定能起到反射的作用。就是说，他们不是一味奢侈地使用金箔和金砂，而是利用反射补充光明。这是可以理解的，因为银和其他金属的光泽很容易消退，而黄金能够恒久地发光，一直照耀着室内的黝黯，所以显得异样的宝贵。我在前面谈到泥金画专门是供暗处观看的，由此可知，不仅泥金画，就连纺织品过去也常常使用金银丝线，是基于同样的道理。僧侣裹的金襕袈裟等，不是最好的例证吗？今日城里许多寺院，大都把本堂搞得很明亮，以迎合大众。在那种场合，金襕袈裟只会徒然闪光，不管修行多高的高僧穿在身上，也很少使人肃然起敬。有来头的寺院，出席那里古典式的法事，老僧布满皱纹的皮肤，明灭闪烁的佛灯，还有那金襕的衣饰等等，是那般调和一致，平添了几分庄严的空气。这也和泥金画一样，华丽的纺织花纹大部分被黑暗隐匿着，只有金银丝不时闪射着微微的光亮。也许是我个人的感觉吧，我认为，日本人的皮肤最适用于能乐[①]艺术衣饰的映衬。不用说，我是指那种戏装绚烂多彩，使用了大量金银丝，而且演员穿着不必像歌舞伎那样面傅白粉。日本人特有的红褐色的肌肤以及象牙色微黄的面孔因此得以充分发挥魅力。我每次去看能乐，都十分激动。金银织线和带刺绣的内衣非常相配，浓绿或赭黄的武士素袍、文官礼服、便装之类，还有素白色的棉袄、肥裤等，实际上都十分协调。有时是美少年担当能乐的角色，那细腻的肌肤，充满青春活力、神采焕发的面颊，从而更能引人注目，看上去有着不同于女人肌肤的蛊惑人心的魅力。由此可以悟出，古代大名[②]之所以沉溺于宠童的姿容，道理就在于此。歌舞伎[③]历史剧以及舞蹈剧华美

① 一种戴着假面具（能面）表演的古典戏剧。

② 江户时代有一定区域支配权的地方诸侯。

③ 起源于阿国歌舞伎，并于江户时代得以发展和完善的日本独特的舞台表演艺术。

的衣饰并不逊于能乐，在表现“性的魅力”这一点上，也被认为远远超过能乐，但经常观看这两种艺术的人，也许会有完全相反的感觉。虽然，初看起来，歌舞伎富于性感，舞台华丽。且不论过去，在使用西方式照明设备的今日舞台上，那种艳丽的色彩很容易陷入俗恶，叫人一看就生厌。衣裳是如此，化妆也是一样，即使化得再美，但看到的只是一个假造的面孔，缺乏一种实实在在的本质的美。然而能乐的演员，面孔、衣领、手，皆以本来的样子登台，一颦一笑，都是生来如此，丝毫不欺骗我们的眼睛。故能乐的角色均接近花旦和小生的本来面目，不会令观众扫兴。我们所感到的是，这些和我们相同肤色的演员，一旦穿上武家时代华丽的衣裳，乍看起来虽然和他们很不相称，但那副姿容显得非常惹人注目。我见过在能乐《皇帝》中扮演杨贵妃的金刚严[1]先生，至今不忘从袖口窥探到的那双手是何等漂亮！我一边看着他的手，一边时时审视着膝盖上自己的手。他的手是那样美，这种美来自整个手掌从手腕

[1] 即二代金刚严（1924—1998），日本能乐主角流派之一“金刚流”第二十五代传人。

到指尖那种微妙的动作，来自具有独特技巧的手指的姿势。不仅如此，还有那皮肤的颜色，那从肌体内部迸射出来的光泽，究竟来自何处呢？我为此感到惊讶不已。不过，这是一双普通日本人的手，其肌肤的色泽和我的放在膝盖上的手完全一样。我一而再再而三地将舞台上金刚先生的手和我的手仔细比较，瞧来瞧去，都是一样的手。然而奇怪的是，就是这同样的手，在舞台上显得那样光艳优雅，而一旦放在自己的膝盖上却显得这般平凡无奇。这种情形不限于一个金刚严先生，在能乐的世界，露在衣裳外面的肉体只是很少的一部分，仅仅是面孔、脖颈、手腕到指尖，演杨贵妃这一角色，“能面”连脸孔也遮住了。可就是这极少部分的肌肤，其颜色和光泽给人留下了异样的印象。金刚先生也许特别突出，不过大多数演员都是和普通日本人一样的手，没有什么奇特之处，只是他们发挥了为现代服装所遮掩的不被人在意的妖媚与诱惑，才使我们张大惊异的眼睛。再说一遍，这不仅仅限于美少年、美男子演员。例如，平时我们不会被一个普通男子的嘴唇所吸引，然而在能乐的舞台，那暗红而潮润的肌肉，比起搽口红的女人更带有一种肉感的黏度。这是因为演员为了歌唱而始终用唾液濡湿的结果。但是，也不能单纯这么看。童角演员的面颊呈现潮红，这种红十分鲜艳惹眼，根据我的经验，穿着暗绿色衣裳时，大多是这种情况。白皮肤的童角不用说了，实际上黑皮肤的童角反而更能衬托出红的特色来。为什么呢？这是因为白皮肤的孩子红白对照过于鲜明，穿上暗色的戏装，对比效果太强，而黑皮肤孩子的暗褐色的面颊，红得不太显眼，衣裳和脸孔可以调和一致。暗绿和暗褐两种中间色相互映衬，使得黄色人种的肌肤尽展其长，更加引人注目。我不知道是否还有其他这般色调调和而产生的美艳，假如能乐也使用歌舞伎那种现代照明设备，那么所有的美感就会被炫目的光线驱散尽净。所以，能乐的舞台一味任其往日的黯淡，是为了服从必然的规律。建筑物等也是越古越好，地板带着自然的光泽，房柱和板幕等黝黝闪光，从屋梁到房檐的黑暗像反扣的大吊钟遮盖在演员的头上。这样的舞台布置最为适宜。从这点上说，最近能乐进出于朝日会馆和公会堂当然是很好的，不过看起来，能乐真正的意味已经丧失大半了。

但是，附丽于能乐的黯淡和由此产生的美，是特殊的阴翳的世界，今天只能在舞台上看到。而在往昔，却同实际生活并非如此脱离开来。就是说，能乐舞台上的黑暗亦即当时住宅建筑的黑暗，能乐衣裳的花纹和颜色，虽然较之实际多少有点花哨，但大体上和当时贵族、大名的穿着相同。我每每考虑此事，总是想象着古代的日本人，尤其是战国①、桃山②时代的武士所穿的豪华服装，比起我们今日该是多么漂亮！我陶醉于这种怀念之中。诚然，能乐于最高形式中展示了我们男性同胞的美。过去往来古战场的武士，曝露于风雨里，颧骨凸出，面孔黑红，穿着那样朴素而有光泽的武士素袍，那姿态何其威风凛凛！总之，欣赏能乐的人都多多少少沉浸在这种联想之中。舞台上的色彩世界确实存在过，在这样的忆念中品尝演技以外的怀古趣味。与此相反，歌舞伎的舞台处处都是虚伪的世界，同我们本来的美没有关系。男性美不用说了，即使女性美，今天舞台上见到的也根本不是过去的女人了。能乐中的旦

---

① 指应仁之乱(1467)至织田信长统一(1582)这段时期。

② 指十六世纪末丰臣秀吉掌握政权的二十年间。

角佩戴面具，这和现实相差甚远，但观看歌舞伎的旦角也没有实感。这是因为歌舞伎的舞台过于明亮的缘故，在没有现代照明设备的时代，在蜡烛和油灯微弱光线的照射下，那时期歌舞伎的旦角或许稍稍接近于实际吧。不过，说现代歌舞伎无法出现过去那样的名旦，不一定是因为演员的素质和容貌。即使古代的旦角，如果站在今天明煌煌的舞台上，男性的扎扎剌剌的线条必定很显眼，而往昔的黯淡却可以将此适当地遮蔽。我观看晚年的梅幸①饰演的阿轻②，痛切地感到了这一点。我以为灭却歌舞伎之美的是无用的过度的照明。听大阪一位内行人说，文乐的人形净瑠璃③明治以后还久久使用油灯，那时候远比现在更富于余情。我现在感到较之歌舞伎旦角来，还是人形更有丰富的实感。是的，在那薄暗的灯光照耀下，人形特有的生硬的线条消失了，白胡粉耀眼的亮光也被模糊了，显得那般柔和。我

---

① 尾上梅幸(1915—1995)，第七代歌舞伎俳优，本名寺岛诚三。第六代尾上菊五郎的养子。

② 义士故事剧目《假名手本忠臣藏》(简称《忠臣藏》)里的人物。为了给丈夫早野勘平筹措金钱，卖身于祇园一力楼，因偷看由良之助密信，为其兄所杀。

③ 文乐是古典戏剧之一，由人形师手操人形在舞台上表演。净瑠璃本是用三味线（日式三弦琴）伴奏的一种演唱艺术。江户时代与人形剧和歌舞伎相结合，成为一种大众娱乐形式，获得广泛传播。

想象着那时候幽美的舞台，不由浑身涌起一阵寒气。

众所周知，文乐剧中的女性人形只有脸和手，身体、足尖都裹在长裾的衣裳里面，所以人形演员把自己的双手伸进衣里操纵动作就够了。在我看来，这个反倒最接近实际，因为过去的女人只露出脖子以上和袖口以下的部分，其他都隐蔽在黑暗里。当时，中流阶级以上的女子很少外出，而且总是躲在轿子或车子深处，不使自己暴露于街头。可以说大多数女子都藏在黝黯的深闺里，珠帘绣幕，昼夜埋身于黑暗之中，只凭一张脸表示其存在。所以衣裳之类，也是男子比现代的阔气，女子就谈不上了。旧幕府时代商家女儿、妻子等惊人地朴素，所谓衣裳，只不过是黑暗的一部分以及黑暗和脸孔的连接。铁浆等化妆法[①]，考其目的，也就是将脸孔以外的空间都填满黑暗，甚至使口腔也含着黑暗。今日女人之美，不去岛原角屋[②]实际上

① 即黑齿法。铁片浸在醋里，将牙齿染黑。

② 岛原是古代日本的勾栏街，文人雅士汇聚之地，本位于京都二条柳马场，后迁至六条三筋町。角屋是岛原的一家妓院。

是看不到的。然而，我回忆起幼年时代，在日本桥家里，就着庭院的微光做针线的母亲的面影，就能多少想象出过去的女子是个什么样子。那时候是明治二十年代，在那之前，东京的商家都生活在黯淡之中，我的母亲、伯母和每位亲戚，大凡上了岁数的女子，大都使用铁浆。日常穿的衣服记不得了，但外出时经常都是穿灰色的碎花和服。母亲个子矮小，不足五尺[①]，不光母亲，那时的女子一般都这么高。不，说得极端些，她们几乎没有肉体。母亲除了脸和手之外，我只朦胧记得她的脚，至于身体就没有记忆了。因此想起那中宫寺观世音的胴体，那不就是过去日本女子典型的裸体像吗？那薄纸般的乳房所附着的平板式的胸脯，比胸脯更加瘦小的腹部，没有任何凹凸的平直的背脊、腰和臀，整个身子和脸以及手脚比起来很不相称，又瘦又细，没有厚度，与其说是肉体，毋宁说是一段干树桩。统而言之，古代女子的胴体不就是如此吗？今天具有那种胴体的女子，在旧式家庭中时时都有。一看见她们，我就想到人形内部的支撑棒。事实上，那样的身子就是穿

① 即“曲尺”，日本长度单位，1 尺约合 30.3 厘米。

衣裳的棍棒，除此以外什么也不是。组成这个胴体的素材是几层粘连卷裹在一起的衣服和棉花，剥去衣裳就剩下和人形一样的难看的支撑棒。但是，还是过去那样为好，对于处在黑暗中的她们来说，只要有一副惨白的脸孔，胴体就不必要了。细思之，对于那些为明丽的现代女性的肉体唱赞歌的人来说，很难想象那种幽灵式的女人美。也许有人说，黯淡光线里的模糊之美不是真正的美。然而前面已经说过，我们东方人在一些不起眼的地方使阴翳生成，就是创造美。古歌吟咏道："耙草结柴庵，散落还野原。"我们的思维方式就是如此。美，不存在于物体之中，而存在于物与物产生的阴翳的波纹和明暗之中。夜明珠置于暗处方能放出光彩，宝石曝露于阳光之下则失去魅力，离开阴翳的作用，也就没有美。我们的祖先将女人和泥金画、螺钿器皿等而视之，和黯淡割舍不开，尽量使整个女体沉浸于阴暗之间，长袖修裾裹手足于一隈，或仅使一个地方——头颅显露出来。那副缺乏匀称的扁平的躯体同西方女人相比较，实在丑陋。然而我们顾不得考虑眼睛看不见的东西。看不见就只当是没有。硬要见识丑陋的人，如同使用上百度的电灯光来照射茶室壁龛，自动将那里的美驱赶尽净。

可为什么只是东方人具有暗中求美的强烈倾向呢？西方也经过没有电、瓦斯和石油的时代，寡闻的我不知道他们有没有喜爱阴暗的癖性。据说自古日本的妖怪是无脚的，西方的妖怪有脚且通体透亮。从这件小事就能明白，我们的想象里有漆黑一团的黯淡；他们却连幽灵都看做亮如明镜。其他一切日用工艺品，如果说我们所喜欢的颜色就是黯淡的堆积，那么他们所喜欢的颜色即为阳光的重合。银器、铜器，我们爱其生锈者，他们却认为不洁不净，偏要磨得锃亮才行。房屋中间尽量不留“影窝儿”，天棚和周围墙壁一抹白。在建造庭园上，我们种植幽深的树木，他们扩展平坦的草坪。这种不同的癖好是缘何而生的呢？窃以为我们东方人常于自己已有的境遇中求满足，有甘于现状之风气，虽云黯淡，亦不感到不平，却能沉潜于黑暗之中，发现自我之美。然而富于进取的西方人，总是祈望更好的状态，由蜡烛到油灯，由油灯到汽灯，由汽灯到电灯，不断追求光明，苦心孤诣驱除些微的阴暗。恐怕就是因为有这种气质上的不同吧。不过，我也想到了肤色的差异。我们古代同样认为白皮肤比黑皮肤更高贵，更美好，不过白皙人种所说的“白”和我们所说的“白”总有些不同。每人一一靠近来看，既有比西方人更白的日本人，也有比日本人更黑的西方人。那种白和黑的色调不一样。这是就我的经验而言的，从前住在横滨的山手，朝夕和当地的外国人一起行乐，到他们经常出入的宴会厅和舞场游玩的时候，从旁一看，他们所谓的“白”虽然并不感到白，但从远处一看，他们和日本人的差别便一清二楚。日本人也穿不劣于他们的夜礼服，有比他们皮肤更加白嫩的 lady，这样的女人独自一人夹在他们中间，远远看去，立即泾渭分明。原来，日本人不管有多白，白中总有些微小的阴翳。为此，这种女人，为了不弱于西方人，从脊背到两腕到腋下，凡是露出的肌肉，皆涂以浓浓的白粉。尽管这样，依然无法抹消沉淀于皮肤底里的暗色。犹如清冽的水下存有污物，登高一看，历历在目。尤其是手指、鼻翼、颈项、脊背等处，总是出现一些仿佛聚满尘垢的乌黑的凹坑儿。然而，西方人表面污浊，底里透明，浑身处处不留任何暗影，从头到指尖儿，无不雅洁白净。所以，我们中的一个一旦走进他们集会的场所，宛如白纸上的一滴淡墨，即使在我们看来，此人也十分碍眼，感到心情不快。由此可知，白皙人种排斥有色人种其心理可以理解。白人中有些神经质的人，对于社交场里出现的这一“点”——哪怕一两个有色人种，也是耿耿于怀。不知现在如何，过去迫害黑人最激烈的南北战争时代，他们的憎恶和轻蔑不仅针对黑人，也关系到黑人和白人的混血儿，四分之一混血儿，八分之一、十六分之一、三十二分之一混血儿，只要有一星一点黑人血的痕迹，都要一追到底，加以迫害。乍看起来和白人无异，二代三代以前的先祖不过有一个是黑人，对这样的混血儿，他们执拗的眼睛也不会放过那白净的肌体中潜隐的一点色素。由此可以推知，我们黄色人种和阴翳有着多么深刻的关系。既然人人都不想置自己于丑恶的状态，那么我们使用衣食住中笼罩着黯淡之色的用品，将自己埋没于黑暗之中，那是理所当然的事。我们的先祖并未意识到他们皮肤里有阴翳，也不知道存在着比他们更白的人种，因此只能说，他们对于颜色的感觉实出于自然的嗜好。

我们的先祖将明朗的大地上下四方切分开来，制作了阴翳的世界，把女人深藏在幽暗之中，而当做世上颜色最白的人吧？如果肌肤白净才是高级女性美的不可缺少的条件，这样做未尝不可，除此之外别无办法。白人的头发是亮色，我们的头发是暗色，这就自然教给了我们“暗”的理法。古人无意之中服从这个理法，使黄色的脸孔变得纯白。我在前面提到过铁浆法，古代女子剃去眉毛，不也是突出面部的一个手段吗？而且我最佩服的是那闪光的豆青色蓝口红，今天祇园的艺妓几乎都不再使用这种口红了，那种红只能凭借想象微微闪烁的烛火才能理解其魅力。古人故意使女人的红唇涂抹成青黑色，然后再嵌上螺钿细纹。丰艳的面孔被夺走了一切血色。我想起蓝灯幽幽的光影下年轻女子鬼火般的青唇之间，露出漆黑的牙齿嘻嘻作笑的样子，再也无法考虑比这更加白的面颜了。至少在我心目中描画的世界里，比什么样的白人女子都要白。

白人的白，是透明、显豁的平常之白，而这则是一种非人之白。或者说，这种白实际上并不存在。这仅仅是光和暗酿造出来的恶作剧，或许只限于这种场合。然而，已经够了，我们不再有更多的祈望了。在我想到这种白色脸庞的同时，也想说说围绕这白色素颜的黯淡之色。记得多年以前，我曾陪伴东京的客人到岛原的角屋游乐，看到一种难以忘却的黑暗，那是在后来失火烧掉的“松之间”这座宽敞的客厅里。广大空间微弱烛光照耀下的暗和小客室的暗浓度不同。当我进入这座客厅时，一位剃了眉毛、染黑了牙齿的半老徐娘，守在大屏风前的蜡烛旁边。这架大约一两铺席的屏风隔开了明亮的世界。屏风后头，又高又浓的暗色纯然由天棚垂落下来，虚晃的烛火穿不透这深厚的黑暗，撞到墙壁上又弹了回来。诸位，你们见过所谓“灯台下的黑暗”吗？这和夜路的暗色是不同的物质，好比充满一粒粒彩虹般细如灰粉的微粒子。我担心飞入我的眼睛，所以不由地眨巴着。现今一般时兴建造面积狭小的客室，十铺席、八铺席、六铺席的小间，即使点燃蜡烛也看不见那种黯淡之色。古时的宫殿和妓馆天棚高大、回廊宽广，一般都是几十铺席的大房间，屋内一直笼罩着秋雾般的暗色。贵妇人们都浸泡在这种黯淡的灰汁里。我曾在《倚松庵随笔》中写过这件事，现代人长久习惯于电灯的光亮，已经忘掉曾经有过这种黑暗。总之，屋内这种“可视的暗色”犹如氤氲的雾气，容易引起幻觉，有时候比起室外的黑暗更可怕。这种黑暗意味着鬼魅跳跃，群魔乱舞。身处其中，帷幕低垂，住在重重屏风与隔扇里的女人，不也是魔鬼的眷属吗？黑暗将这些前世命定的女人十层二十层地包裹起来，填满了颈项、袖口以及前襟的所有空隙。不，有时候正相反，黑暗也许是从她们的肢体，从那染黑牙齿的嘴里和黑发的尖端吐出来的，就像土蜘蛛吐丝那样。

早年，武林无想庵[①]自巴黎归来后说，比起欧洲的城市，东京、大阪的夜格外明亮。巴黎的香榭丽舍大街正中也有点油灯的人家，日本要到边鄙的山奥才有这样一户人家。恐怕整个世界最奢侈地利用电灯的国家就数美国和日本了。日本是个跟着美国亦步亦趋的国家。无想庵这话是四五年前说的，那时候霓虹灯还没有流行，这次他要是再回来，看到越来越明亮，想必更感到惊奇吧。后来又听《改造》[②]的山本社长谈起这样一件事，社长曾经陪同爱因斯坦

---

① 武林无想庵（1880—1962），北海道札幌人。小说家、翻译家。原名盘雄。

② 日本书店改造社于二战前发行的综合杂志，多刊载社会主义评论。

博士访问上方，途中火车通过石山一带，博士望着车窗外的景色说：“啊，那个地方太浪费啦！”一问才知道，是指那里的电线杆上大白天还点着电灯。“博士是犹太人，所以很细心。”山本先生解释道。美国姑且不论，比起欧洲，日本使用电灯毫不爱惜，这倒是事实。提起石山，还有一件怪事，今年秋天，我曾经为了选择赏月地点绞尽脑汁，考虑的结果，决定到石山寺去。八月十五前一天的报纸上登着这样的消息：石山寺明晚将在树林里安设扬声器，播放《月光曲》唱片，为赏月的客人助兴。我看到后，立即终止了石山之行。扬声器也是不祥之物，这么一来，那座山上肯定到处装满了彩灯，热闹非凡。从前，我也有过因故取消赏月的经历。那是某年八月十五，打算到须磨寺的水池里划船观月。约好同伴，背着饭盒，赶到那里一看，池子四周被五彩电灯装扮得花团锦簇，月亮也虽有若无了。想来想去，这都是因为我们近来对电灯早已麻痹，对过剩的照明引起的不便毫无感觉的缘故。赏月的场所不去管它了，但是会客室、餐馆、旅馆、饭店等，天还正亮着就打开电灯，既浪费又增加热量。夏天不管走到哪里，我都为此感到头疼。外头阴凉，屋里热得要命，十家有十家是因为电力过强或灯泡过多的缘故，不信你关上一部分电灯，立即就会清凉起来。但客人和老板都意识不到这一点，真是不可思议。本来室内的灯光，冬天可亮一些，夏天应该暗一些。因为这样做既可保有阴凉，又不至于招来蚊虫。但是，多开电灯，提高了温度，又得开动电扇，这种做法想想都感到心烦。当然，日本客厅从旁边散热，倒也还能忍受，饭店的客室通风不良，地板、墙壁和天棚吸收的热量，又由四面反射回来，确实令人受不了。对不起，我举个例子，夏天夜晚去过京都都饭店大厅的人，也许对我这话抱有同感吧。那里位于朝北的高台之上，比睿山、如意岳、黑谷塔、森林、东山一带的翠峦青峰尽收眼底，看上去令人心旷神怡。正因为如此，所以更为可惜。本来想夏天的黄昏，好容易寻得一个山明水秀之地，打算好好养养精神。因听说有凉风满楼，遂慕名前往。一看，白色的天棚上面到处嵌满乳白色的大玻璃盖，明煌煌的电灯泡在里面熊熊燃烧。不久前落成的西式大楼，天棚低矮，仿佛一团团火球在脑门上旋转。何止是热，五脏六腑好像都贴近天棚，从头顶到脖颈到脊背，火炙火燎。这火球有一个就足够照彻这块空间，何况这玩意儿竟然有三四个在发光。此外，沿着墙壁、柱子还附设了一些小灯泡。这样做，除了消灭各个角落的阴影以外，不起任何作用。房子里没有一点暗影，满眼都是白墙、大红柱子以及颜色鲜明的马赛克地板。就像刚刚制作好的石版画沁入你的眸子。这才真叫闷热啊！从廊子上一进来，立刻感到温差之大。如此设置，即使有清凉的夜气流入，也会很快变成热风，毫不顶用。那家饭店我过去经常住宿，是我怀恋的地方。我曾好言劝告过他们。那里的确是个夏天一边纳凉一边赏风景名胜的好去处，被电灯破坏实在太可惜。日本人不用说，即使西方人虽然爱光明，但也一定受不了那种热，不管怎样，减少照明总会得到谅解的。这些只是一个例子，不仅限于那一家饭店。利用间接照明的帝国饭店无可厚非，但我想，夏天如果再稍微暗一些就更好了。按理说，今天的室内照明，读书、写字、做针线，已经不成问题，煞费苦心消灭四角的阴影，这种思想和日式房屋的审美观念势不两立。私人住宅从经济上考虑节约电力，反而做得很好；一到商家业主，走廊、楼梯、大门、庭园，以及门面等，结果偏偏电灯过多，致使客厅和泉石的底色都显得很浅薄。冬天，电灯多了暖和，倒还好说，夏天夜晚，不论逃到多么幽邃的避暑胜地，只要是住旅馆，总要遭遇和都饭店同样的悲哀。所以，我把自家四面的挡雨窗全部敞开，黑暗中吊起一顶蚊帐躺在里头，我觉得这是纳凉的最好办法。

最近，我在一家杂志还是报纸上，看到一篇英国老太太大发牢骚的报道，她们叹息道："自己年轻时候都很尊敬、照顾老人，如今的女孩儿们一向不在乎我们。提起老人就以为很脏，不敢靠近。今天的年轻人和过去大不一样啦！"不管哪个国家的老人都说一样的话，实在令人同情。人老了，不论何事都认为今不如昔。一百年前的老人，羡慕两百年前的时代；两百年前的老人，羡慕三百年前的时代，任何时代的人，都对现状不满。另外，最近文化进步迅速，我国情况有些特殊，维新以来的变迁，大概相当于从前的三百年或五百年。说也奇怪，我也到了模仿老人口吻的年岁了，不过我认为，现代文化设施处处讨好年轻人，逐渐形成一个不尊重老人的时代，这倒是事实。举个简单的例子，街头十字路口要听号令才能通过，老人们已经不能安心上街了。有资格乘汽车兜风的人倒好说，我等时常到大阪去，从这边穿过马路到那边，浑身的神经都很紧张。红绿灯安装在岔路口正中也还好，想不到旁侧半空中一闪一灭的，实在难以看清楚。逢到宽阔的岔路口，侧面信号往往看成正面信号。我曾担心，要是京都也都站上交通警察，那就糟了。今天，要品味纯日本风情，那就只有到西宫、堺、和歌山、福山那样的城市去才行。吃东西也一样，大城市要寻找合乎老人口味的饭菜十分困难。前些日子，报社记者来访，要我谈谈一些稀奇食品的制作方法，我介绍了吉野山间偏僻地带的人们制作柿叶鲑鱼寿司的方法，不妨也在这里说说：按一升米对一合①酒的比例煮饭，开锅后加酒，饭熟以后要等完全冷却再用手沾盐捏实。注意，手不能带一点儿水汽。秘诀是只用盐捏。然后将咸鲑鱼切成薄片，放在饭上。再用柿树叶子反过来包紧。柿树叶子和咸鲑鱼事先要用干布巾擦去水汽。然后把鲑鱼寿司桶或饭柜洗净晾干，将鲑鱼寿司由小口放进去，一一码紧，不留空隙，盖严，压上重石。今晚腌上，明晨即可食用。天数越多越好吃，可以吃两三天。吃的时候用蓼叶洒点儿醋。

---

① 日本容积单位，10 合为 1 升，1 升约合 1.8 公升。

我到吉野游览，朋友说这个很好吃，就教给我这种寿司的做法。不管哪里，只要有柿树和腌鲑鱼就能做。不要忘记，绝对不能有水汽，米饭要彻底冷却。回家一试验，的确不错。鲑鱼肉和盐一起浸到饭里，鲑鱼反而像生鲜的一般，非常柔嫩。和东京的鲑鱼寿司相比，有一种特殊的香味，我们这些人吃起来非常合口。今年夏天就是吃这个度过来的。这种腌鲑鱼竟然也有这样的吃法，我很佩服物质贫乏的山乡人家的发明。我一一询问了各种各样的乡土菜肴，发现山乡人家的味觉比城里人要厚重得多，从某种意义上讲，比我们想象的更豪奢。因此，老人们一个个放弃城市而隐居乡间。但乡间城镇也安装了铃兰街灯，一年一年更像京都，也不能使人放心。现在有一种说法，说文明再前进一步，交通工具由地上转移到地下，街道上就会恢复从前的安静。可是我很清楚，到了那时候，又会出现新的虐待老人的设备。到头来，老人不得出门，只好闷在自己家中，就着家常小菜，喝喝酒，听听广播，别无去处。本以为只有老人有这样的怨言，其实不是，最近《大阪朝日新闻》“天声人语”栏目的作者，嘲笑大阪府官员为了在箕面公园开辟高尔夫球场，滥伐森林，毁坏山丘。我读后很觉得解气。将深山老林里的暗影也要剥夺，简直是昧着良心造孽。这样下去，奈良、京都、大阪郊外等所有的名胜古迹，在大众化的幌子下，就会逐渐变得光秃秃一片了。不过，这也是一种牢骚话，我也深知今天的形势很难得，不管怎么说，日本既然沿西方文化迈出了脚步，也就只好抛弃老人勇往直前了。然而，我们必须觉悟，只要我们皮肤的颜色不变，我们所承担的损失将永远压在自己的肩头。当然，我写这些的意思是，我想在某些方面，例如文学艺术等，或许也还有弥补这种损失的办法。我想，我们已经失去的阴翳的世界，至少要在文学的领域唤回来。使文学的殿堂庇檐更深，将过于明亮的空间塞进黑暗，剥去室内无用的装饰。不一定家家如此，哪怕先有一家也行。究竟如何呢？姑且先把电灯熄灭看看吧。

懒惰之说

所谓嬾惰，简单地说就是“懈怠”。通常“嬾惰”的“嬾”用“懒”字代替，写成“懒惰”，这是错误的，仍然是“嬾惰”正确。今查简野道明[①]《字源》，“懒”用“憎懒”等，即“憎恶”或“讨厌”之意。“嬾”就是“厌倦”、“懒散”、“怠惰”、“疲惫”等意思。引柳贯[②]诗为例：

借得小窗容吾嬾，五更高枕听春雷。

再援引《字源》，有许月卿[③]诗“半生嬾意琴三叠”，有杜甫诗“嬾性从来水竹居”句。

由以上例子可以知道，嬾惰即“懈怠”之意无疑。但也多含有“厌倦”、“厌烦”这样的心情，这一点不容忽视。而且更需注意的是，“借得小窗容吾懒”、“半生懒意琴三叠”、“懒性从来水竹居”[④]云云，都知道“倦怠的生活”之中自有另一番天地。安然居乎其中，怀念、期待，甚至有时候存在一种故意炫耀、矫情的倾向。

这种心情不仅中国，自古日本也有。假如从代代歌人，俳人的吟咏中找例子，肯定有无数个。尤其是室町时代的御迦草子[⑤]之中，即有《懒汉太郎》这样的小说。

> ……名字虽然叫懒汉太郎，但对造房子很内行，于四面建围墙，三方立门，东西南北掘池，筑岛植松杉……以五色彩锦敷天棚，桁子、屋梁、椽子的安装组合，都使用白银黄金的铆钉，张挂璎珞帘子。就连

---

① 简野道明(1865—1938)，汉学家，伊予(爱媛县)人。东京高等师范学校毕业，曾到中国游学。著有汉和词典《字源》。

② 柳贯(1270—1342)，元浦江(浙江)人。字道传。曾任翰林待制兼国史院编修官。

③ 许月卿(1217—1286)，宋婺原人。字太空、驹父。编纂有《四库总目》。

④ 以下仍统一用“懒”。

⑤ 童话或幻想作品。作者大多不详。

马厩、侍从室也要加意装饰一番，好好享受豪华日月。然而理想虽美丽，但现实条件不足，只好树立四根竹竿，再苫上草席，住在里头……此种住居虽说缺这少那，但手足皲裂，跳蚤、虱子，还有肘垢之类，一样也不缺少……

如此笔墨写成的故事，纯然是日本人的思维方法，不可认为是中国小说的翻版(1)。恐怕是当时破落的公卿们，自己过着懒汉太郎式的生活，为了消遣解闷，才写了这样的书吧。正因为有几分因缘，作者对于这种让人头疼的懒汉主人公，不但不加摈斥，反而对其懒惰、不洁、蛮横，抱着一种笑容可掬的欣赏的态度。虽然被邻人们嗤之以鼻，把他当做当地的一个累赘，但他虽是乞丐，而又有不畏地头蛇的勇气，虽属愚痴，但又长于写作和歌，以至为当时天皇所睿闻，最终被供奉为御多贺大明神社的神仙。

古代，嘉永年间佩里①船队驶来浦贺时，他们对于日

① Matthew Calbraith Perry (1794—1858)，美国海军军人。1853 年 7 月，率领东印度舰队进入浦贺，迫使日本开港。著有《日本远征记》三卷。

本人最敬佩的地方是十分爱清洁，海港街道和家家户户都打扫得非常干净，这一点不同于其他亚洲民族。我们日本人是东方人种中最活跃、最不慵懒的民族，尽管如此，我们还是有这种“懒汉太郎”的思想和文学。“怠惰”绝非褒扬之词，没有一个人认为被称作“懒汉”是一种荣誉。但另一方面却嘲笑那些一年到头辛辛苦苦劳动的人，有时把他们看成俗物，这种现象今天也不是绝对没有。

写到这里想起一件事，近几天来，《大阪每日新闻》连载一篇题为《美国记者团看到的日本和中国》的报道。这是最近美国新闻记者联合会到东方视察旅行，归国以后每人在报纸上发表的真实感想。报社的高石真五郎先生，将最有意思的部分连续介绍出来，直到今天为止，多是说中国的坏话，还没有轮到日本头上来。不过看样子，比起中国，日本似乎给他们留下了更多的好感。他们一到中国，首先对火车的不洁大为吃惊，甚感厌恶。然而他们乘坐的绝非普通车，而是张学良叫人特地为他们准备的京奉线最好的车辆。即便如此，还是遭到他们的无理批评，说什么不能洗脸，也不能刮胡子。这固然是由于中国内部各类纷争不断、财政匮乏以及种种其他原因所致，但现今的满洲是中国保有最良好秩序的富裕之地。近年来，内乱已经终结，当前没有什么足以辩护的借口。就拿我自己来说，我曾经乘坐京汉铁路线上的头等车厢，和他们有过相同的经历。从北平到汉口大约四十个小时，卧铺车厢漏雨，这还不说，说句失礼的话，最使人头疼的是厕所打扫得不彻底。我在紧急需要时跑去好几次，每次都从门口又折返回来。

细思之，这种不洁和没有规制(2)，不管哪个时代，都是中国人免不了的通病。无论多么先进的科学设备进来，一交给他们管理经营，马上就带有中国人独有的“懒散”，本来宝贵的现代尖锐利器，立即化为东方式的笨重之物。在以清洁和整齐为文化第一要素的美国人眼里，这是不可原谅的懒惰和邋遢行为。中国人自己即使觉得有些不方便，只要能凑合着用，也就放着不管了。这种传统的癖性是不大容易改变的。有时候，他们反而觉得西方人净是些清规戒律，十分可厌。就连那位一提起欧美式的行谊礼节就一概抱有反感、只赞成本国风习甚至包括一夫多妻制的晚年的辜鸿铭翁(3)，对此种现象也一定会有很大意见吧。如此说来，印度的泰戈尔翁、甘地氏等又会怎么样呢？他们的国家在懒惰这一点上并不弱于中国。

还有一件事，美国记者攻击中国不守信用，向外国借钱而不归还本金和利息。对于这一点，他们写道："南京政府效仿莫斯科"。但这不光是金钱上的问题，不讲卫生不也是两国国民十分相似的地方吗？但我们不知道谁是正宗，只是知道白人中俄国人最脏。凡是众多俄国人居住的饭店，里面的厕所大都具有和中国火车上相同的景象。俄国人在西方人中最接近东方人，从这一点上也能得到证明。

总之，这种"懒散"、"倦怠"是东方人的特色，我姑且把这称为"东方的懒惰"。

这种风气或许是受佛教、老庄的"无为"思想、"懒汉哲学"的影响所致。然而，实际上，和这些"思想"等无关，这种风气充满更浅近的日常生活各个方面，根深蒂固，孕育于我们的气候、风土和体质等之中。相反，佛教和老庄哲学毋宁说是这些环境的产物，这想法更贴近自然。

单单是懒汉的“哲学”、“思想”，西方也不是没有。古希腊也有一种名曰第欧根尼[①]的懒汉，但是这也是从哲学观点出发的学者态度，不像日本和中国众多的懒汉人种那样，莫名其妙吊儿郎当地混日子。那个时代的克己主义哲学虽说是消极的，但征服物欲的愿望很强烈，大都很努力，很坚决。所谓“解脱”、“真如”、“涅槃”、“大彻大悟”等，似乎和他们的境遇距离遥远。还有，虽说仙人和隐士不是没有，但他们大多属于力求发现所谓“哲学家的石头”的炼丹师之类，就像中国的仙人葛洪，较之“无为”、“懒汉”，更和“神秘”观念结为一体。

现代提倡“复归自然”的卢梭的思想，据说有些地方和老庄相通。不过我在这方面实在是个懒汉，还没读过《爱弥儿》，所以没有什么可以说的。可是这种思想和哲学不论如何，在日常实际生活中，西方人绝非“慵懒”，也绝非“怠惰”。他们在体质、表情、肤色、服装、生活方式等，所有方面都是如此，即使偶然在某些事情上迫不得已有些

---

① Diogenes（？—前325），古希腊哲学家，犬儒学派代表人物。提倡过乞丐式的简朴生活。著作有《木桶里的哲人》。

不卫生、不整齐，但做梦都无法想象，他们会有东方人一般的想法——于懒惰之中开创另一种安逸的世界。他们有富人，有穷人，有游手好闲的，有勤奋工作的，有老人，有青年，有学者，有政治家，有实业家，有艺术家，有工人，他们在共同进取、积极奋斗这一点上没有差别。

“东方人是精神性的、道德性的，这一说法究竟意味着什么？舍弃俗世隐遁山中，独自耽于冥想的人，东方人谓之圣人或高洁之士。可是在西方，不会把这样的人看做高洁之士，这只不过是利己主义者。我们把那些勇敢地站在街头，为病人发药饵，给穷人送物资，为社会一般人谋求幸福、牺牲自己而忘我工作的人，称作真正的有道德的人，把他们的工作称作一种精神性的事业。”——我曾读过约翰·杜威[①]写的书，大致是这个意思。这是西方普通的思维标准——如果说这是常识，那么所谓“怠惰”、“无为”，在他们看来就是极端恶劣的行为。因为我们东方人并非一味将“怠惰”看得比“勤奋”更精神化，所以我不打算正面反驳这位美国哲学家的说法。虽然这种咄咄逼人的架势，

---

① John Dewey（1859—1952），美国哲学家、教育家。

使人难于应对。那么，欧美人所说的“为社会献身工作”，究竟指的是什么呢？

例如基督教运动有“救世军”这个团体，我对于从事这种事业的人们抱着敬意，绝不是个包藏反感和恶意的人。但是不论其动机如何，那种伫立街头，用激越、快速、性急的语调进行说教、为援助自由放弃职业的人，对贫民窟挨家挨户赠送慰问品，抓住行人的衣袖散发传单，劝人向慈善锅捐款。那种小里小气、琐琐屑屑的做法，不幸甚不合东方人的性格。这是一个超越常理的气质性问题，是东方人应该理解的心理。我们一看见那种活动，心里只有一种被人驱赶的忙乱心情，但却产生不出一点儿沉静的同情心和信仰心来。人们经常攻击佛教徒传教和救济的方法比基督教更退步，实际上佛教最终更符合国民性。镰仓时代的日莲宗和莲如时代的真宗虽说非常积极和主动，但终归归结于七字题目和六字名号①。那种做法和现世没有任何枝节的联系。正如禅宗的道元所思考的那样：“是人生为佛

① 日莲宗唱念的“南无妙法莲华经”七字题目和“南无阿弥陀佛”六字名号。

教，不是佛教为人生。”我以为，这同基督教相差千里。

诸葛亮为玄德三顾茅庐所震惊，没办法只得出山，这是《三国志》上人人熟悉的故事。我们认为，假若孔明不等到被玄德拖出来，及早出世活动的话，岂不更好？假如经玄德再三恳请，仍逃匿不出，以闲云野鹤为友而终其一生，此种心情也很值得同情。中国自古有“明哲保身之道”一说，躲避争乱，保全一身，这也可以看做是一种处世的方法。战国之世，苏秦衣锦还乡，趾高气扬地说：“使吾有洛阳负廓田二顷，吾岂能佩六国相印？”(4) 立身出世，佩六国相印固然很好，耕种负廓田二顷，生活于乡间倒也不坏。但是，苏秦这个人说出这种得意洋洋的话，有点像现在的国会议员，比起孔明来，其品格甚为低下。事实上在东方，比起苏秦类型的人，孔明类型的人物，不单是品格，本质上就很杰出，这样的例子多得是。

最近，我看了各种电影杂志上刊登的好莱坞电影明星的照片，时常感到奇怪。他们脸部大特写的肖像都露着牙齿在笑，没有一个例外。而且，那牙齿都很洁白、整齐，一排排似珍珠闪亮。这也没有一个例外。但仔细审视一下他们的表情，那笑脸怎么都看不出是笑，只不过是煞有介事地勉强张着嘴，故意显露那排整齐的牙齿罢了。就像经常看到日本女孩子骂街时，“咦”地一声露出牙齿一样。这种感觉，女演员还不很极端，男演员尤其明显。持这种看法的人大概不止我一个人，读者诸君要是怀疑，不妨赶快翻开《Classic》杂志看一看就明白了。回忆一下，不管哪个演员的肖像，由那副“笑脸”就立即想到“露出牙齿的脸”，实在奇妙。

文化先进的人种，十分重视牙齿的修饰。据说齿列美不美，可以由此推测一个种族文明的程度。如果这是真的，那么牙科医学最先进的美国就是世界上第一文明之国。那些装腔作势露出一副笑脸的演员们，也许有意夸耀一番吧：“我们就是如此文明的人啊!”像我这口乱石堆般的牙齿，从来也不加治理，正如已故大山①元帅那一脸麻子，很容易被当成未开化人的标本，这是没法子的事。最近，日本

① 大山岩(1842—1916)，陆军大将、元帅。甲午战争任第二军司令官，日俄战争任总司令官。

人除我之外，稍微时髦点儿的城市，不管走到哪里，凡是在美国学习过的牙科医院，生意甚好，其中有的人冒着脑贫血的危险，拔掉或切除经久耐用的天赋的牙齿，施行人工修饰。不知是否这个原因，近来城里人的牙齿越来越漂亮，过去那种乱石堆、虎牙、黑虫牙少得多了。不论男女，讲究礼仪和姿容的人，哪怕买一瓶牙膏，也要拣“柯立诺斯”或“派普松丹”等美国进口货，认真的人早晚刷两次牙。所以，日本人的牙，一天天变得雪白如珍珠，渐渐接近美国人，成为文明人种。其目的既然是给人以快感，这样也不坏。不过，原来的日本，对于虎牙、虫齿等不完全的牙齿，反而认为自然而可爱，那种长着一排整整齐齐白牙的人，似乎给人一种刻薄、奸黠、残忍的感觉。因此，东京、京都、大阪等大都市的美人(不，男人也一样)，大都牙齿既不好，又不整齐。尤其是京都女子牙齿脏污，几乎已成定论。据我所知，反而九州一带边鄙，有许多人生着一口好看的牙齿。(我不是说九州人薄情，所以不要生气。)还有些老人，烟油把牙齿熏得又黄又脏，呈现打磨过的象牙色，于白毛疏髯的间隙看过去，老态龙钟，同肤色十分调和，给人以悠然自适、不紧不迫之感。其中也有掉落一两颗的，听其自然，看起来也绝不显得寒碜。如今，有一口烟黄牙的老人，只有在乡下才能见到，中国和朝鲜到处都是。老人牙齿又白又齐，至少不符合东方人的容貌。装假牙要尽量接近自然，上了年纪偏要故作年轻，“四十过后妆更浓”，实在有点儿叫人生厌。

据上山草人①说，美国的行谊礼节实在麻烦。男人在女人面前不可露出部分肉体，这不用说，也不准擤鼻涕啜鼻子，不准咳嗽。所以感冒时哪儿也不能去，只好成天关在家里。照这么说，现在的美国人不妨从鼻孔到屁眼儿好好舔一舔，彻底打扫干净，务必使拉下的粪便也散发出麝香一样的香气，那才称得上真正的文明人哩！

无独有偶，我听已故芥川君②讲起，成濑正一③先生到德国人家里做客，将芥川君的《大石内藏助的一日》这篇文

① 上山草人(1884—1954)，日本著名新剧演员，后赴好莱坞拍电影。

② 芥川龙之介（1892—1927)，日本小说家，代表作有《罗生门》、《地狱变》等。

③ 成濑正一（1892—1936)，日本小说家、法国文学研究者。

章边读边翻译给主人听，读到“内藏助起身到厕所”这句时，猝然刹车了。到底没敢把“厕所”这个词儿译出来。

保罗·莫朗[①]小说中经常出现“厕所”这个词语，所以近来的法国等国大概不会这样。不过欧美人生性多疑，并把这当成文明人的一种资格吧。

读过托尔斯泰《克莱采奏鸣曲》的人都知道，小说主人公极力批评欧洲所谓文明人的生活情景。一见到他们日常的食物、妇女服装等，是那样富于刺激和纵容的色彩，其目的只能是挑逗情欲；另一方面又十分讲究行谊礼节，实在虚伪——我现在手头没有这本书，记不清了，大体是这个意思。我读的时候心里在想，托尔斯泰到底是俄国人啊。实际上，绅士们在晚宴席上穿着脚镣手铐般的礼服，面对着十分诱人的妇女服装，不能喘粗气，不能打嗝，喝汤不能出声。一上桌就要受这种礼法的束缚，尽管山珍海味罗

① Paul Morand（1888—1976），法国作家、外交官。作品富于异国情调，有长篇小说《香奈儿的态度》和短篇小说集《温柔的储存》等。

列面前，那还有什么胃口？说到这个，提起中国人的宴会，就是为了“吃”、“喝”这一目的，不讲究什么礼仪。不管怎么吵闹，不管地面、桌子弄得多脏都没关系。夏天到南方去，主人先脱掉上衣，腰以上全部裸露。日本在这一点上同中国没有太大差别。

说到饭店里的餐厅，有人认为那里是家庭式的、豪华的，要比旧式旅馆的个人主义更好。不过，那里看来是为绅士淑女展示服装、满足虚荣心的场所，吃饭倒在其次。穿着浴衣，靠着扶手椅，伸着两腿，这种吃法胃袋肯定是欢迎的。

我想，今天我们引起苦恼的二重生活的矛盾，并非在衣食住等细微末节上，其由来在眼睛看不见的更深层。我们尽管努力想居住绝对没有榻榻米的房子，从早到晚穿西服，吃西餐，但还是无法坚持下去，到头来，把火钵搬进西式房间，盘腿坐在绒毯上。这是因为无论如何，东方人生来就有的“散漫”和“慵懒”在心底里深深扎下了根子。首先，我们为吃饭时间极有规律而感到痛苦。白天在办公室上班的人，在这段时间里不得不有规律，一回到家就变得没有规律了。要不然就无法放心休息，也不想喝酒吃东西了。所以，许多在工作单位吃午饭的日本人，只是弄个饭盒，急急忙忙扒进肚子了事。然而，住在神户、横滨的西方人不是这样，家在附近的人，虽然工作非常繁忙，一定准时回家，坐在餐厅里慢悠悠地吃饭、喝酒，然后按时回办公室。我真想说，这样慌慌张张有什么意思，可他们已经习惯于这种规律了。还有，从西餐的制作上考虑，如果你不按时按分进入餐厅，厨师做起来也困难。因此，日本人每当听到厨师再三叮问“几点用餐”，心里就生气。但要是误了钟点儿，不论饭菜多差，厨师决不负责任。

一事如此，万事皆同。餐具和碗筷，洗一下不就行了吗？可西餐素材多油脂，加上银器、瓷器、玻璃制品又多，必须始终注意要擦得锃亮。我们虽然受到这么繁琐的束缚，但我们却难以下决心打破这种二重生活。

英国老人早饭吃一大块牛排，然后积极参加体育活动，振奋精神，增长体力。这无疑也是一种养生法。但是在懒人眼里，吃了那么多刺激性食物，又死活非得参加运动才能消化掉，看来体育也是一种苦差使。有这种时间，不如安安静静读书或许更有益处。何况托尔斯泰说过，刺激的食物更能煽动性欲，使人容易恼怒，结果引起精力的浪费。所以，这和节食而怠惰哪个更好则不得而知。

过去，也就是我们祖辈以前那个时代，大家庭的女眷们一年到头呆在不见天日的黑暗的屋子里，很少外出(5)。京都、大阪一带的旧式家庭、据说五天才洗一次澡。获得“隐士”身份的人，整天打坐在蒲团之上一动不动。现在想想，真不知道他们是怎么生活的。要说他们吃的东西，就是那么一点点儿，极为淡泊，碎如鸡食。粥、梅干、梅子酱、鱼松、煮豆、佃煮[①]——我到现在还能想起祖母饭盘里这些东西。她们有和她们适应的消极的养生法，很多人比起活动的男子要长寿。

俗话说“贪睡有害”，同时吃东西要减轻分量，减少种类，这样患传染病的几率也会减少。有人讨厌谈什么卡路里，什么维他命，认为与其费这份时间和精力，不如什

---

① 用糖和酱油煮的小鱼小虾。

么也不干，净躺着更明智。正如世界上有“懒汉哲学”一样，不要忘了也有“懒汉养生法”。

如今住在大阪的一流老检校[①]说，过去唱当地民歌，嗓门大，吐字清楚，反而被斥责为俗气。这么说来，弹得一手好古琴和三味线的检校中，声音洪亮、音色优美的人，在关西相当稀少。当然，这也不意味着重视乐器而忽视演唱。静心细听起来，他们的声音虽小而有抑扬顿挫，余韵和情绪都能充分表达出来。只是他们不像今天的歌唱家那般极力注意节酒、禁女色、保护嗓子和保存声量。就是说不论到哪里，都以情绪为本。硬要他们规规矩矩，即便演唱也不会觉得愉快。到了老年，声量减弱，声音打颤，乃自然之理，遂不敢稍有违抗，只想随心随意唱好歌就行了。实际对他们本人来说，只是于酒后陶然之时，乘兴拿起三味线唱上一曲罢了，否则就不会有什么兴趣。由此可知，即使用观众听不清楚的细小鼻音，自己也可以尽尝技巧之

① 盲人中最高级官名。

妙，而入三昧之境。说得极端些，他们这种不出声音、仅凭空想的演唱，已经足够了。

较之自娱更主眼于娱人的西洋声乐，在这一点上就显得有些局促、费力和做作。听起来声量很可羡慕，但看那运动的嘴唇，总觉得像发声的机器，故弄玄虚。因此可以说，演唱者本人所具有的三昧之境这种心情，不可能传达给听众。不仅音乐，所有的艺术都有这种倾向。

切勿误解，我绝不是规劝大家懒惰。但这个世界有很多人自称是什么实干家，精力过人。这不过是自我吹嘘，推销自己。我认为，偶尔想起懒惰的美德——典雅，也没有什么害处。老实说，我本人实际上不是懒汉，在我们同事之中，有不少朋友可以证明我是个勤勉的人。

昭和五年四月十日记

《倚松庵随笔》[1]（昭和七年四月刊）头注：

（1）写完此文之后，读了柳田国男[2]先生关于民俗故事的研究，知道所有这些传说不仅日本有，从世界范围来讲也可分好几个体系。不过，尽管穷人出头的故事都很相似，但这种懒汉将懒惰当商品出售的故事还有没有？浅学如我者，实无法断定，只得暂时存疑。

（2）凡是去过中国旅行的人都知道，中国人厨房里的抹布和碗巾没有区别，擦污物的布也用来擦桌子擦碗筷。实在令人惊奇。

（3）辜鸿铭翁，听中国青年文人说，晚年有些怪癖，不知真假。翁与中国新进作家田汉君在东京天水楼见面时的对话，佐藤春夫在几部小说里都写得很有趣。翁看来知道我的名字，曾托阿部德藏君寄赠自著《读易草堂文集》予我。此书系民国十三年东方学会出版，内篇二十八篇，外篇十五篇，组成一书，有罗振玉序。内篇卷头《上德宗景皇帝条陈时事书》一节曰：

---

① 指 1932 年 3 月创元社出版的谷崎随笔集。

② 柳田国男（1875—1962），日本民俗学者，著有《远野物语》。

“职幼年游学西洋，历英、德、法三国十有一年，习其语言文字，因得观其经邦治国之大略。窃谓西洋列邦本以封建立国，逮至百年以来风气始开，封建渐废，列邦无所统属，互相争强，民俗奢靡，纲纪浸乱，犹似我中国春秋战国之时势也。故凡经邦治国尚无定制，即其设官规模，亦犹简陋不备。如德、法近年始立刑、礼二部，而英至今犹未置也……如商入议院，则政归富人；民立报馆，则处士横议；官设警察，则以匪待；民讼请律师，则吏弄刀笔。诸如此类，皆其一时习俗之流弊，而实非治体之正大也。每见彼都之有学识之士谈及立法之流弊，无不以为殷忧。

“唯独怪今日我中国士大夫不知西洋乱政所由来，徒慕其奢靡，遂致朝野皆倡言行西法，兴新政，一国若狂。”

又，其《广学解》曰：“西人之谓考物，即吾儒之谓格物也。夫言之天则曰物，言之人则曰事。物也者，阴阳五行是也；事也者，天下家国是也。然吾儒格物必言天下国家，而不言阴阳五行者，其亦存有深意存焉。《易传》言圣人制器以前民利用，此则谓教之以相生相养之道也。然吾圣人有忧天下之深，故其于阴阳五行之学，言之略而不详，其于制器利民之术亦言其然，不言其所以然。盖恐后世之人有窃其术以为不义，而不善学其学以为天下乱者矣。故《传》曰：‘作《易》者，其有忧患乎？’今西人考物制器皆本乎其智术之学。其智术之学，皆出乎其礼教之不正。呜呼！其不正之为祸，岂有极哉！”

又，《上湖广总督张（之洞）书》曰：“昔人有言：‘乱国若盛，治国若虚。’虚者，非无人也，各守其职也。”

由此足窥少壮时代留学欧洲十一年之翁，后年如何成为嫌弃西洋一奇峤之人矣。

（4）“使吾有洛阳负廓田二顷。吾岂能佩六国相印？”——《史记·苏秦传》

（5）所谓按摩，似乎是东方人独有的保健法。自己躺卧，使人揉体，增强运动效果。此种手段，最是无理。昔人所谓按摩、点灸，似乎只是静坐于室内，促使血液循环罢了。

恋爱及色情

早些年死去的英国滑稽作家中，有个叫做杰罗姆·K·杰罗姆[①]的人。这个人在他写的题为《小说笔记》的一本书里说道：小说都是下流的，自古出世的小说多如海边的沙子，不知有几千几百几十万册，不论读哪一本，情节都是一个模式，归根到底就是："某地有一个男人，还有一个爱他的女人。"——"Once upon a time, there lived a man and a woman who loved him."——结果，不就是这些吗？他说。

后来，我还听佐藤春夫说过，拉夫卡迪奥·海恩[②]在他的授课笔记中讲过这样的话："所谓小说，因自古专写男女恋爱关系，使得一般人自然而然产生一种错觉，认为不是恋爱就不能成为文学的题材。但并非如此。不是恋爱，不是人事，也可以充分作为小说的题材，文学的领域本来是很广阔的。”

以上，不论杰罗姆的讽刺也好，海恩的意见也好，在西方，“没有恋爱的文学”或“小说”是不可思议的，这种看法似乎是事实。在很早以前，有政治小说、社会小说、侦探小说等，这些多半被当做脱离纯文学范围的“功利性”或“低级”的东西。

现在，情况有些改变，出现了这样一种趋势：带有功利意义的作品，因故不再被当成低级的了。但是，论起以阶级斗争或社会改革为题材的作品，不管何种形式，可以说没有一概不触及恋爱问题的。通过以恋爱为机缘所引起的种种纠纷——说明到底是恋爱重要还是阶级任务重要。许多作品都抓住了这样一个主题。

侦探小说也总是把恋爱当做犯罪的原因。而且，如果

---

① Jerome K Jerome（1859—1927），英国幽默作家，做过事务员、记者、演员和教师。代表作有《三人同舟》等。

② Lafcadio Hearn（1850—1904），即小泉八云，文学家，原为英国人，生于希腊。1890年赴日，同松江藩士女小泉节子结婚，入日籍。在东京大学、早稻田大学教授英文和英国文学。著作有《心》、《怪谈》、《灵的日本》等有关日本方面的故事、随笔等。

将范围由“恋爱”扩大到“人事”，西方自古以来所有的小说、所有文学的素材均属于人事。虽然偶尔也有《雄猫穆尔的生活观》[1]、《黑骏马》[2]和《荒野的呼唤》[3]等以动物为主人公的小说，但多属于寓言性的作品，从广义上说，仍然不出“人事”的范围。除此之外，也有以自然美为对象的，诗歌里尤不乏这一类，但仔细品吟一下，总感到极少有同人事完全无关的。

我写到这里，忽然想起漱石先生著作中有题为《英国诗人对天地山川的观念》这样一篇论文。于是立即在书架上搜索起来，不巧没有找到，很遗憾，这里不能征引先生的意见。反正在他们的艺术中，不是恋爱，就是“人事”占据着大部分领域，这只要看一看他们的文学史和美术史，立即就会弄明白。

---

① 德国作家霍夫曼(Ernst Theodor Amadeus Hoffmann，1776—1822)的讽刺小说。

② 英国女作家安娜·司威尔(Anna Sewell，1820—1878)的童话。

③ 美国作家杰克·伦敦（Jack London，1876—1916）的小说。

日本的茶道中，自古悬在茶席上的挂轴，画面上可以有字有画，只是禁止以“恋爱”为主题。这是因为，“恋爱是违反茶道精神的”。

这种鄙视恋爱的风气不仅是茶道，在东方也绝非少见。我们的国家，自古也有好多小说和戏曲，其中虽然不乏描写恋爱的作品，但把这些作品郑重写进文学史，是在开始以西方观点观察事物以后的事。在没有“文学史”的时代，所谓软文学大都被看成是文学的末流、妇女儿童的游戏或士族君子的余技，作者忌讳，读者也忌讳。实际上，虽然有杰出的戏剧家和小说家，他们的作品也有的风靡一世，但表面上仍被看成品位低下之作，不足以成为一个男人终生奋斗的事业。中国自古以“济世经国”为文章之本色。占据中国文学宝座的主流汉文学，皆为经书、史书，再不然就是修身、治国、平天下为目的的著述为主。我少年时代用作汉文教科书的读物是四书五经、《史记》以及《文章轨范》[①]等，总之都同恋爱相距甚远。过去，这些东西似乎被看成是真正的文学、正统的文学。到明治

① 南宋谢枋得的古文选评集。

以后，坪内[1]先生的《小说神髓》出现了，近松[2]和沙翁、西鹤[3]和莫泊桑的比较论开始了，戏曲和小说才逐渐成为文学的主流。这种观点实际并不是我们真正的传统。小说和戏曲是“创作”，史学、政治学、哲学不是“创作”，既然不是创作，也就不是文学。这种思想可以说也是非常没有道理的。假若以我们的传统眼光看待西方文学，也许只有培根等才是正统的，沙翁的东西趁早悄悄收起来为妙。

按照西方人的想法，诗歌较之散文更加纯文学化。然而，即使是诗歌，东方诗中恋爱因子也比较少，这只要看最富代表性的两大诗人——李、杜二家的诗就可以明白了。杜甫的诗时常咏叹离别之苦，寄寓流谪之悲，但大多是“友人”，很少是他的“妻子”，没有一个是“情人”。至于被称作“月和酒的诗人”的李白，对于月光和酒杯的热

---

① 坪内逍遥（1859—1935），小说家、评论家、剧作家。早稻田大学教授。从事莎士比亚戏剧的翻译和研究，以及戏剧改良运动。1885 年发表著名文学理论著作《小说神髓》，对明治文学的发展产生重大影响。

② 近松门左卫门（1653—1724），江户中期净瑠璃、歌舞伎脚本作者。代表作有《国姓爷合战》、《曾根崎情死》、《杀女油地狱》、《情死天网岛》和《关八州系马》等。

③ 井原西鹤（1642—1693），江户前期浮世草子（世俗小说）作者、俳句诗人。代表作有《好色一代男》、《好色一代女》和《好色五人女》等。

情，十分之一都用不到“恋爱”上。森槐南[①]曾经在《唐诗选评释》一书中，举《峨眉山月歌》为例：

峨眉山月半轮秋，影入平羌江水流，
夜发清溪向三峡，思君不见下渝州。

“思君不见”，虽然表面上指月亮，但从“峨眉山月”这句话推测，似乎觉得背后有个恋人存在。槐南翁这个解释，确实是卓见，照李白这种情况，即便有时吟咏恋爱，也是寄情思于月亮，极为淡漠地加以暗示。这就是东方诗人的教养。

故“不是恋爱也能写进小说或文学”，拉夫卡迪奥·海恩这种观点，作为西方人也许很难得，但对于我们东方人来说，并没有什么奇怪。而“恋爱也能成为高级的文学”，关于这一点，实际上是他们教给我们的。

---

① 森槐南（1863—1911），汉诗人，名公泰，字大来。春涛之子。历任图书寮编修官、式部官和东京大学讲师。著有《唐诗选评释》、《古诗平仄论》等。

我们经常听到这样一种说法：浮世绘的美是西方人发现，并介绍给全世界的。西方人吵吵闹闹之前，我们日本人并不知道自己的这种值得骄傲的艺术的价值。不过我认为，这不是我们的耻辱，也不是西方人的卓见。在这方面，对于承认我们的艺术、并把这种艺术向世界宣传的西方人，我们当然很看重他们的功绩，并深深表示感谢。但是，老实说，在他们那种只有“恋爱”和“人事”才能成为艺术的思维中，浮世绘最容易为他们所理解。而且他们弄不明白，这种优秀的艺术为何在日本同胞之间没有受到相当的尊敬。(1)

诚然，德川时代浮世绘画师的社会地位，正好相当于滑稽和幽默文学的作家。恐怕当时有教养的士大夫，一看到浮世绘或滑稽文学作品，总认为和看春宫画和淫秽小说相去不远吧？所以，他们不会将大雅堂①、竹田②、光琳③、宗

---

① 池大雅（1723—1776），江户中期文人画家，文人画之集大成者。名无名，号九霞山樵、霞樵、大雅堂等。师从柳泽淇园学明清文人画，并受祇园南海影响。亦工书。作《十便帖》、《楼阁山水图屏风》等。妻玉澜亦为画家。

② 田能村竹田（1777—1835），江户后期文人画家。名孝宪，字君彝。学画于谷文晁，亦长于经学、诗文。与赖山阳、青木木米、云华上人等交游。著有画论《山中人饶舌》，作《亦复一乐帖》等。

③ 尾形光琳（1658—1716），江户中期画家。初学狩野画风，不久倾慕光悦、宗达的装饰画风。亦长于泥金画、染织等工艺。代表作有《红白梅图屏风》等。

达[①]等人和师宣[②]、歌麿[③]、春信[④]、广重[⑤]等人同等对待；在文学方面，也不会有人将白石[⑥]、徂徕[⑦]、山阳[⑧]之徒和近松、西鹤、三马[⑨]、春水[⑩]之辈等而视之。正因为如此，

---

① 宗达（生卒年不详），江户初期画家。屋号俵屋，成为法桥（古代医师、画家的封号）以后，用印曰对青轩、伊年等。作品有《（源氏物语）关屋·澪标图屏风》、《风神雷神图屏风》等。

② 菱川师宣（？—1694），江户前期浮世绘画家，俗称吉兵卫，号友竹。长于肉笔画、版画，为版本制作插图，开拓了浮世绘新领域。作品有画本《美人绘尽》，版画《吉原的人体》，肉笔画《回首美人图》、《北楼及戏剧图卷》等。

③ 喜多川歌麿（1753—1806），江户后期浮世绘画家。师从鸟山石燕，初号丰章。于美人画领域首创上半身形成技法，号称“大首绘”，创造了浮世绘的黄金时代。

④ 铃木春信（1725？—1770），江户中期浮世绘画家。开创多色木版画技术，从而创造了锦绘。

⑤ 歌川广重（1797—1858），江户末期浮世绘画家。本姓安藤，号一立斋。歌川丰广门人。成名于诗情洋溢的风景版画，亦于花鸟画中别开新境。作品有《东海道五十三次》、《名所江户百景》等。

⑥ 新井白石（1657—1725），江户中期儒学家、政治家。字济美。参与幕政，革除前代弊政。著作有《新井白石日记》、《西洋记闻》、《古史通》、《同文通考》等。

⑦ 荻生徂徕（1666—1728），江户中期儒学家。名双松，字茂卿。初学朱子学，后倡导古文辞学。开家塾，门下有太宰春台、服部南郭等。著作有《译文筌蹄》、《政谈》等。

⑧ 赖山阳（1780—1832），江户后期儒学家、史学家、汉诗人。名襄，通称久太郎，别号三十六峰外史。父赖春水。诗文书并秀。著作有《日本外史》、《日本政记》、《山阳诗抄》等。

⑨ 式亭三马（1776—1822），江户后期通俗滑稽故事作家。本名菊地久德，别号游戏堂、洒落斋。作品有《浮世澡堂》、《浮世理发馆》等。

⑩ 为永春水（1790—1843），江户后期通俗作家，本名鷦鷯贞高，号金龙山人、狂训亭主人。以写作《春色梅历》、《春色辰巳园》声名鹊起，确立所谓“人情本”之风格，因而获败坏风俗罪。

《关八州系马》某些部分获得后水尾院[1]的青睐，《曾根崎情死》等描写男女私奔的文章受到徂徕的极力称赞，这些逸闻轶事特别引起人们的惊异而传为佳话。马琴[2]在世的当时，比其他戏作文学家显示了更高一级的矜持，世人皆以一种尊敬的目光看待他，这是因为他以劝善惩恶为宗旨，倡导人伦五常之道的缘故。由此可知，一般戏作文学家的地位究竟如何了。

看来，我们的传统并非不承认恋爱的艺术——虽然内心非常感动，暗暗享受这样的作品，这也是事实——但表面上尽量装出毫无所知的样子。这是我们的谨慎，是谁也没有说出来的社会礼仪。因此，抬出歌麿和丰国[3]的西方人，不能不说是他们打破了我们这种沉默的礼仪。

然而，也许有人反问——“这么说，恋爱文学极兴旺

---

① 后水尾（1596—1680），第一〇八代天皇。“院”是对退位天皇的尊称。

② 曲亭马琴（1767—1848），江户后期世俗文学作家。本名泷泽兴邦，别号蓑笠鱼隐、著作堂主人。代表作有《南总里见八犬传》、《俊宽僧都鸟物语》等。

③ 歌川丰国（1769—1825），浮世绘画家。歌川派初代，号一阳斋。门人众多，贡献甚大。

的平安朝怎样呢？我们的文学史不是也有那样的时代吗？德川时代的戏作文学作家也许受到贱视，但业平[①]与和泉式部[②]等歌人如何？《源氏物语》等众多恋爱小说的作者如何？他们及其作品受到的待遇怎么样呢？”

关于《源氏》，自古有种种说法。儒学家当做淫荡之作时时加以攻击，与此相反，国学家却将此看做《圣经》一般神圣，说什么这部书的内容彻底充满道德的说教，还有些人牵强附会地硬把作者紫式部看成“贞女的镜子”。然而，且不管什么牵强附会——就是说，表面上不否定此书是“淫荡之书”——而且，也不硬说是“道德”和“教训”读物的话——则《源氏》的文学地位已不复存在。这种思维的背后依然有一种“礼仪”，反映东方人特有的“维护体面”的思想。

那么，再回到我最初的问题上，看一看平安朝的恋爱文学吧。

---

① 在原业平（825—880），平安前期歌人，六歌仙、三十六歌仙之一。

② 和泉式部，生卒年不详，平安中期歌人，中古三十六歌仙之一。著作有《和泉式部日记》、《和泉式部集》。

古代有个刑部卿叫敦兼，是世上罕见的丑男，然而他的妻子却是一位绝代佳人。她一直悲叹自己有个丑陋的丈夫。有一次，到宫中观赏五节舞[①]，看到满朝文武官员，衣饰华美，仪表堂堂，没有一个像她丈夫那样其貌不扬。看看别的男人一个个神采奕奕，便愈加讨厌自己的丈夫，回家后背过身子，一言不发，后来竟然闷在屋里不露面了。丈夫敦兼虽然心中疑惑，但开始时不知什么原因，一天从宫中很晚才回家，看到门口既没有张灯，也不见侍女出迎，更没有人前来帮助宽衣卸装。他无可奈何，推开阶下妻子的房门一看，妻子一人正闷闷不乐。此时夜已渐深，月光当头，凉风侵身，妻子的薄情实在令人怅恨难平。他满腹郁闷无处排遣，蓦地静下心来，取出筚篥，作歌一首，反复唱道：

墙根生白菊，颜色何光艳？
我打门前过，花枯人亦变。

---

① 一种以五种声节伴唱的少女舞蹈。

妻子于深闺中听到歌声，心中顿起怜爱之情，急忙出来迎接敦兼，从此以后，夫妻感情非常亲密。

这个故事出自人人皆知的《古今著闻集[①]·好色卷》，但也可能是镰仓时代末期的传说。不论如何，因为表现了当时京都贵族的生活和平安朝时代的许多风俗习惯，所以看做平安朝具有代表性的恋爱情景也未尝不可。

不过，我感到奇怪的是此种场合的男女的地位，正如《古今著闻集》的作者所说："琴瑟调和尤可贵，全凭妻子温柔心。"既不是谴责这位妻子的不贞不忠，亦无意嘲弄敦兼的怯懦无能，而可以说是作为一则夫妻美谈流传下来了。看来这是平安朝公卿之间理所当然的常识。

明知丑男，从而嫁之，这个妻子有何理由疏远其夫？丈夫对于这个妻子又爱又恨，站在妻子房门之外，以歌声倾诉哀怨之情。妻子听到后深受感动，接受了丈夫，被称为是个"心地温柔"的女子。这并不是西方的爱情剧，而是日本王朝时代的事情。这么说，敦兼既然"取出笔箓"作歌而和之，

---

① 成书于镰仓时代，与《今昔物语集》和《宇治拾遗集》并称日本三大说话集。

可见那时候的公卿是随身携带这种乐器的。我每当读《著闻集》这则故事，就会想起戏剧《壶坂》[①]开幕的场面。盲人泽市独自一人，一边弹奏三味线，一边唱着民歌《菊花露》：

> 鸟鸣钟声上心头，忆往事，无语泪双流。点点滴滴化逝水，星河迢迢暗欲渡。谁曾料，鹊桥断绝，人世无情恨悠悠。勿思量，相逢又别离，此生不堪回首。唯羡庭中小菊名，朝朝暮暮，夜阑浥芳露。叹薄命，如今正似菊花露，怎耐得，秋风妒？

剧中的泽市只唱了歌的前半首，也就是主调的部分，而且在这里同敦兼一样寄情于菊花，遂成奇缘。古代的大阪，一唱这首歌就要分手，所以不受人欢迎。据说这出净瑠璃为团平夫人所作，所以具有女性的温馨感。但泽市本为受人怜悯的残废之人，这和敦兼大不一样。何况，阿里和敦兼的妻子也有天壤区别。可以说，只有阿里这样的女

① 《壶坂灵验记》，净瑠璃之一，世俗故事，原作者不详。由三味线名人二代丰泽团平和妻子千贺补写作曲。描写盲人泽市和阿里坚贞的夫妻之爱。

子才称得上是“心地温柔”，这才真正是一则“夫妻美谈”。细思之，到了后世，从普遍实行武门政治与教育的时代来看，且不论敦兼的妻子如何可憎，单说敦兼这样的丈夫，实在算不上一个男子汉，所以被斥责为“丢了男人的脸面”。这是不难想象的。

大凡这种时候，假若是镰仓以后的武士，就会一怒之下同那女子斩断情缘，即使不能立断情缘，也要一头闯进屋里，狠狠将她惩罚一番。女人也大多喜欢这样的男子，像敦兼那样忸忸怩怩，只能令人感到厌恶。这是我们普遍的心理。德川时代，恋爱文学流行，这一点虽说和平安时代相反，但今天考察一下近松以后的戏曲，找不出一个像敦兼这样没有骨气的男子。即使情形相似，也是使用滑稽的表现手法，恐怕不会作为美谈流传下来。人们常说，元禄时代世相淫靡怠惰；而实际上，当时的浪荡公子飞扬跋扈，打家劫舍，铤而走险，《博多小女郎》[①]的宗七，《杀女油地狱》[②]里

---

① 净瑠璃、歌舞伎脚本，近松门左卫门作。描写京城商人小町屋宗七和博多柳町小女郎悲恋的故事。

② 题材、作者同上。描写油商家公子与兵卫，无故杀死七左卫门妻子阿吉的故事。

的与兵卫不用说了，情死剧中出现的美少年也经常刀枪伤人，都不像王朝公卿那样胆小如鼠。到了化政期以后的江户，就连女子也重豪侠，所以“男人必须有男子汉气”自不必说，提起江户戏剧中的好色之徒，就有很多大口屋晓雨①式的侠客、片冈直次郎②式的不良少年。

我觉得平安朝文学中的男女关系，在这一点上和别的时代有几分不同。要说敦兼那样的男子没有骨气也真算没有骨气，但是换句话说，这是一种女性崇拜精神。不是把女人看得比自己低下而加以爱抚，而是看得比自己崇高，甘心跪拜在她的面前。西方男子时常梦想自己的恋人具有圣母马利亚的身姿，从而联想到“永恒的女性”的面影。东方从来都没有这样的思想。“依赖女性”是和“男子汉气”相对立的。大凡“女性”这一观念，总是处于同“崇高”、“悠久”、“严肃”、“清净”等对峙的位置。而平安朝

---

① 大口屋治兵卫(生卒年不详)，江户中期商人、侠客。号晓雨、晓翁，豪游花街戏院。为歌舞伎《助六》的模特儿。

② 歌舞伎《天衣纷上野初花》中的主人公。

贵族生活之中，“女人”即使不是君临“男人”之上，至少也和男人同样自由。男人对女人的态度，不像后世那样，是女人的暴君，而是非常郑重与温和，有时甚至把女人塑造成为这个世界上最美好、最可贵的形象。例如，《竹取物语》中的赫奕姬，最后有升天的思想，这是后世的人难以想象到的。但是戏剧或净瑠璃中出现的女子，我们从那一身装扮上不容易联想到升天的情景。小春和梅川[①]尽管温柔可爱，但到头来，她们也只是跪在男人膝边哭得死去活来的女人。

这是由《古今著闻集》想起的，《今昔物语》本朝部第二十九卷，有一则故事名叫《女盗秘话》，是日本极稀有的女人对男人施行性虐待的例子。作为宣扬性欲的 Flagellation[②]，恐怕这是东方最早的稀有文献之一吧？

---

① 小春和梅川分别是净瑠璃脚本《情死天网岛》、《冥途飞脚》（又名《冥府信使》）中的女主人公。

② 英文，鞭笞，尤指宗教的“性的鞭笞”。

……白天，和平时一样，没有一个人影。女人对男人说："好吧，到这边来。"于是把他带到另一间屋子，用绳子将男人的头发扎起来，捆绑在柱子上，使脊背凸现，两腿蜷曲。女人戴上帽子，穿上裤裙，又修饰打扮一番。然后拿来一根鞭子，照着男人的脊背猛抽八十鞭子。她问那男人："怎么样，疼吗？"男人答道："不，没什么。"女人说："果然有种。"随将锅灶土溶进开水里，给男人喝。又喂他一碗好醋，扫干净地面，叫男人躺下。两小时过后，叫他起来，使身子恢复原样，然后端来可口的饭菜，对他细心加以照料。三天之后，鞭伤痊愈，又带他到原来地方，照例绑在柱子上，用鞭子抽打。每抽一鞭，则血肉横飞。接连又抽了八十鞭子。女人又问："怎么样，受得住吗？"男人面不改色，答道："没啥了不起。"

这次，女人比先前更加钦佩，越发悉心照料。过四五天，再打一遍，同样回答："没什么。"这回再翻转身子，专打肚子，事后还是回答："不，没啥了不起。"于是，女人更是感佩不尽……

后世的女贼和毒妇中残忍的女子不在少数(2)，但这种嗜虐成性的女人，尤其是喜欢鞭笞男人的例子，即使在荒诞不经的通俗故事书里也很少见到。

这些故事虽说稍稍有点儿极端，但不管前面的敦兼也好，这个女贼也好，平安朝的女子动辄对男人显示一种优越感，男人对于女人百依百顺。清少纳言经常在宫廷里出男人的洋相，这从她的《枕草子》里就能知道。阅读那时候的日记、物语、赠答和歌等作品，女人大多受到男人的尊重，有时男人主动哀求她们，绝不是像后世那样被男人任意蹂躏。

《源氏物语》的主人公，因为有众多妇女作为妻妾，形式上看是把女性当做玩物，从制度上应当说是“女人是男人的私有物”，而从男人的心情上可以说是“尊敬女性”的，这两者未必产生矛盾。有的人把自己的一部分财产看得十分宝贵。自家佛坛上的佛像，固然属于自己所有，但人们却对之顶礼膜拜，唯恐因怠惰而受惩罚。我在这里作为问题提出的是，不是从经济组织或社会组织来看待妇女的地位，而是说在男人的印象中，总觉得女人“在自己之上”或认为女人“更加高尚”。光源氏对于藤壶的憧憬之情，虽然没有明显地表现出来，但可以推测是与此种情形极其相近的。

按照西方的骑士之道，武人的忠诚和崇拜的目标在于“女性”。他们被自己所崇拜的妇女赞扬、提拔、激励，从而获得勇气。“男人气概”是和“渴慕女人”一致的。到了现代，此种风习依旧，如汉密尔顿夫人[①]和纳尔逊，穆勒夫人[②]和她丈夫那种关系，可以说在东方是找不到类似的例子的。

为什么在日本，随着武门政治的兴起、武士道的确立而变得轻视和苛虐女性呢？为什么“善待女人”和“武士风格”不相一致而被认为“流于懦弱”呢？这是一个有趣

---

① Emma Hamilton（1765—1815），英国驻那布勒斯大使威廉·汉密尔顿爵士的夫人，英国海军将领纳尔逊的情妇。

② Harriet Taylor Miu（1807—1858），英国哲学家、经济学家约翰·斯图尔特·穆勒的夫人。与前夫婚姻存续期间就与穆勒关系密切。

的问题，但追索起来要花很长时间，在后文中会有机会谈到，现在姑且不论。总之，在此种国情下的日本，高尚的恋爱文学不可能得到发展。故而，虽然西鹤和近松的作品在某些方面比起西方来绝不逊色，但老实说，德川时期的恋爱故事不论是如何天才的作品，但毕竟属于町人文学，正因为如此，其“格调甚低”。这是当然的，轻视女人，贬低恋爱，又怎能创造出气象高迈的恋爱文学呢？在西方，即使但丁的《神曲》，不也是产生于诗人对贝雅特丽齐的初恋之情吗？此外，不论是歌德还是托尔斯泰，这些被推崇为一代师表的人，他们的作品即便描写通奸、描写失恋而自杀这些有悖于道德的情景，其崇高的格调也是我国元禄文学无法与之比肩的。

总之，西方文学给予我们的影响无疑是多方面的，我以为其中最大的影响实际上在于“恋爱的解放”——更深刻地说，是“性欲的解放”。明治中叶繁荣起来的砚友社文学，依然带有很多德川时代戏作文学作家的气质，紧接着兴起的文学界和明星一派的运动，以及自然主义的流行，使我们完全忘掉了我们祖先轻视恋爱和性欲的审慎态度，舍弃了旧社会的礼仪。今天试将红叶①的作品和红叶以后的大作家漱石的作品两相比较，便可知道对于女性的看法大不一样。漱石虽然属于罕见的英国文学学者，但绝非一个洋气十足的人，而是一位东方文人型的作家。尽管如此，《三四郎》、《虞美人草》里出现的女性及其描写方法，在红叶的作品之中是很难找到的。此两家之差并非个人之差，而是时势之相违。

文学是时代的反映，有时候又比时代先行一步，代表着时代前进的方向。《三四郎》和《虞美人草》里的女主人公，并非以柔和、优雅为理想的旧日本女性的子孙，总使人感到有些像西方小说中的人物。尽管当时这种女性实际上并不多见，但社会早晚祈望并梦想着所谓“觉醒的女性”的出现。那时候，和我同时代出生、并和我一起有志于文学的青年，多多少少都抱有这样的理想。

但是，理想和现实并不完全一致。要想把背负着古老传

---

① 尾崎红叶（1867—1903），砚友社代表作家，明治文坛重镇。作品有《伽罗枕》、《多情多恨》、《金色夜叉》等。

统的日本女性，提升到西方女性的位置，需要在精神和肉体上进行几代人的修炼，绝非仅仅限于我们这一代人。简单地说，首先要具有西方式的姿态美、表情美和步行的方式美。为了使女子获得精神上的优越，当然必须先从肉体做起。想想看，在西方，远的有古希腊裸体美之文明，今天欧美城市的所有街道，依然树立神话中女神的雕像。因而，生长在这些国家和城市的妇女们，自然保有匀称而健康的肉体。为了我们的女性真正具有和她们同等的美，我们也必须生活在和他们同等的文化之中，将他们的女神当做我们的女神加以崇拜，并把他们上溯数千年的美术移植到我国来。现在坦白地说，青年时代的我，就是一个描画过这种梦想的人，并为这个不易实现的美梦而感到无限伤心。

我常这样想——正如精神应该有“崇高之精神”一样，肉体也应该有“崇高之肉体”。日本女性具有此种肉体者甚少，即使有，其寿命也非常短暂。据说西方妇女达到女性美之极致的平均年龄是三十一二岁——即结婚后的几年。而在日本，十八九至二十四五岁的处女之间，虽然也能见到令人惊艳的美人，但多数在结婚的同时，就像幻影一般消泯了。偶尔听说某氏的夫人、或女演员和艺妓是绝色佳人，然而这种女子大多是妇女杂志封面上的美人，实际上仔细一瞧，皮肤松弛，面色青黑，满布着白粉、毛发和雀斑。眉眼之间，浮现着因家事的繁累和房事的过剩所引起的倦怠之色。尤其是保有处女时代白雪一般饱满的酥胸以及丰富的腰部曲线的人，可以说一个也没有。比如年轻时喜欢穿洋装的妇女，一到三十几岁，肩膀的肌肉顿然减削，腰周围也瘦得变了形，走起路来步履蹒跚，空荡荡的洋装再也穿不出去了。结果，她们的美只能依赖和服的装扮与化妆的技巧精心打造，尽管有着微弱的绮丽之感，但是缺乏一种真正的崇高的美感。而此种美感可使男人们跪拜在她们的石榴裙下。

所以，西方可以有“圣洁的淫妇”或“糜烂的贞女”型的女人，而日本不可能有。日本女人淫乱的同时，也就失去了处女的健康与端丽，红颜衰退，败柳残花，变成一个下贱的淫妇。

记得在一本书上读过，大概是德川家康吧，曾经谕示过妇女要有这样的智慧，大意是：媳妇不要长时间呆在丈夫的被窝里，房事以后尽早回到自己的床上去，这是获得丈夫永恒之爱的秘诀。这真是一种吃透了日本人凡事不喜过分的性格而发出的教诲。像家康这样一位具有无与伦比的体力和精力的人，也说出了这种话来，不能不让人感到有些意外。

我曾经在《中央公论》杂志上介绍室町时代的小说《三个和尚》的故事。读过的人或许还有印象吧？其中有这样一节：足利尊氏的部下一个名叫糟屋的武士，偷偷看到一位无上高贵的公卿家中的女子，立即害了单相思病。可见南北朝时代，武士之间仍然残留王朝时期的优雅之风。不久，这件事情传入尊氏将军的耳朵眼儿里，将军亲自为糟屋修书一封，派一位姓佐佐木的武士送到那位公卿家里。"……将军说这事不难，便亲自修书一封，差佐佐木送到二条殿……"原著之中，糟屋自己将事情经过说了一遍。"……那边回信说，那位女子是尾上姑娘，因身份不同，不便到武人家里去，所以就请那位官人到这儿来吧。这信送到我的宿舍里来了，将军隆恩，真是永世难报。可我想，即便如此，这世道亦然无味。纵然能同尾上姑娘相会，那也只是一夜之契，不如从此遁世而去吧。但又转念一想，要是人家说，那个糟屋恋上二条殿的美女，仗着将军的筹划，即将会面却又要遁世，这不是终生的耻辱吗？那就权作一夜之会，此后不再思量……”糟屋如此将自己当时的心情说得明明白白(3)。

对一个下级武士来说，对方尽管是身份悬殊的贵妇，但听到这位武士相思成疾，鉴于主公的好意，遂应允了这桩露水姻缘。天降大喜，武士称谢不止。“将军隆恩，真是永世难报。”接着又想道：“即便如此，世道亦然无味。纵然能同尾上姑娘相会，那也只是一夜之契。不如从此遁世而去。”此种想法，可谓是一种异常心理。这要是平安朝贵族，就另当别论了。至于尊氏将军的部下，数度驰骋疆场的乱世武士竟有如此感怀，不是很难理解吗？

记得西方有这样一个谚语：“天上飞的数只鸟，不如手里一只鸟。”然而，这位武士本以为高不可攀的岭上之花，意想不到竟成自家之物，此种喜悦尚未实现之际，正沉浸于幸福的欲想之中，“即便如此，世道亦然无味”，却早早抱有遁世之志了。结果，又转念一想：“即将会面又要遁世，将成终生耻辱。”既然已经到手，永远都不撒手，一贯到底，穷极欢乐。但他没有这样想。“权作一夜之会，此后不再思量”，他怀着这种心情去会见情人。总之，此种心理仅限于日本人，西方人以及中国人恐怕都不会有吧。

前面所说的家康的告诫，或许不适合于反常的恋爱以及一时骤然燃起的情欲，但对于那些过着正式婚姻生活的人，至少是非常有益的忠告。实际上，比起妻子，丈夫——他只限于日本人——人人都更有痛切的感受。我们经常记得的是，妻子不用说了，即使对于情人，事情过后总想分开一些时候——最短两三分钟，长时一个晚上以上，或一周间，或一个月。回顾一下过去的恋爱生活，能有几个“对方”或那些“场合”令人不产生如此的感觉呢？

这里有着各种原因，总之，日本的男子在这方面较早地产生疲劳，因为疲劳来得快，随之作用于神经，引起自卑感，于是情绪黯淡，态度消极。抑或一种轻视传统的恋爱与色情的思想沁入头脑，由此引起内心郁闷，反过来又影响肉体。不管何种情况，我们于性生活方面，确实属于那种极其淡薄、不堪过度淫乐的人种。听横滨、神户一带等海港开放地的妓女谈论，这的确是事实。依照她们的说法，日本人比起外国人来，那方面的欲望少之又少。

但是，我并不想将此一概归结于我们的体质虚弱。我们今后即使大兴体育(顺便说说，西方人爱好体育，这肯定与他们的性生活有密切关系，这和要吃好东西就得先空肚子是一样道理)，即使具有和西方人同样强壮的肉体，果真就能和他们一样酣战疆场吗？这还是个疑问。我们在其他方面，是相当活跃而富于精力的人种，关于这一点，对照过去之历史，观现在之国势，便是明证。我们的性欲之所以不能达于极致，与其说是体力，毋宁说是气候、风土、饮食、住居等条件多方制约的缘故，不是吗？

由此又联想起来，西方人一旦长住日本，就逐渐感到头昏脑涨、浑身懒惰、满心忧郁，终于不能工作下去。所以他们每四年休假一次，回国在故乡住上一年半载再回来。没有假期的人，也要到日本那些和欧美的气候相似的地方去。开发信州的轻井泽，可以说完全出于这个原因。就是说，日本比起欧美来，湿气太盛，即使我们自己，一到入梅季节，就患神经衰弱，感到手足无力。至于那些从空气干燥、没有入梅现象之国来的人，呆在这种地方，或许一年到头都有这种入梅的感觉。当然，世界上也有比日本湿气更盛的地方。我的朋友是某公司职员，长期在印度的孟买工作，他时常回国。他总是说："哎呀，一年到头酷热难当，黏湿湿的，实在受不了。要是还派我去那里，不如辞职不干的好。""不是可以经常回国吗？""四年回来一次，顶什么用？到那个地方长期住住看，不管是谁都会变得头脑迟钝，打骨头里腐烂发臭。所以日本人和西方人都不愿意到那里去。"后来，他果真辞职不干了。所以在外工作的许多外国人，要是被派到日本，肯定也和日本人被派到孟买有着同样的感觉。

过于干燥的土地不知对健康有没有影响，但不单是性欲，比如多脂肪的食物、喝烈性酒等，塞满肚子、尽情欢乐之后，呼吸一下清凉的空气，使得心绪平静，再抬头仰望一碧如洗的蓝天，就能消除肉体的疲劳，使头脑清醒过来。然而，湿气浓重的国家，因为多雨，看到蓝天的机会很少。尤其日本这个岛国，除了远离海岸的高原地带之外，冬季里空气也很潮湿，刮南风的日子，黏糊糊的海风吹来，脸上满是油汗，很少有不头痛的时候。我不是旅行家，所以说得不准确，从全日本来看，雨水较少、土地温暖而干燥，而且交通方便，这样的地方恐怕只有我现在居住的六甲山麓一带，以及沼津至静冈等沿海地区了。有个时期，医生规劝身体虚弱的人迁到海边居住，于是，东京人去湘南地方，京都和大阪人到须磨、明石一带疗养。一时形成风尚。所以，至今还能看到从镰仓等地赶往东京上班的人群。依我的经验，海边的土地，冬季温暖倒是温暖，但有好多日子，刮着黏湿湿、热乎乎的潮风，衣服骤然充满湿气，脑袋立即变得昏昏沉沉。一月二月还好，到了三月四月里，越发厉害起来。至于盛夏酷暑，镰仓一带比东京气温要高得多。何苦到那种地方避暑呢？水又不好，蚊子也多，真是难以理解。我这个人比起别人容易上火，也曾在鹄沼和小田原住过，那阵子很少有不感到头痛的时候。尤其在小田原，患了剧烈的神经衰弱，体重减到怕人的程度。在京、阪的须磨也一样。再向西面的冈山、广岛等地，雨水少了，满眼都是明丽的风物；然而不知怎的，空气还是黏糊糊的。到了樱花开放时节，气候开始燥热起来。夏季傍晚，海上风平浪静，人变得手足无力，没精打采。自己的身体不用说了，即便看看海面，看看绿叶，也像刚刚完成的油画一般，光线刺人，大汗淋漓。

由此看来，日本这个国家，其中枢地区大部分都是这种阴湿的气候，所以欢乐要达到极致简直是不可能的。在法国，即使是盛夏酷热季节，汗水自然消失，皮肤绝不感到潮腻。只有在这种地方，才可沉溺于不倦的性欲之中，饱享欢爱。呆然不动，头痛阵阵，体汗津津，这种状况，要舍命纵情玩上一把，那是不可想象的。实际上，濑户内海地方，要是碰上夏天傍晚呆在那里，喝上一杯咖啡就会浑身发黏，浴衣的领子和袖口油腻腻的，一头躺下，全身骨节松散。这种时候，一切欲望都没有了，什么房事之类，连想一想都觉得心烦。气候如此，再加上食物淡而无味，住居形式开放，这些都大有影响。贝原益轩[①]劝人白天进行房事，对于日本这样的风土，尤其是一种良好的健康方法。而且，眼望着晴天丽日，泡

---

① 贝原益轩（1630—1714），江户前期儒学家、教育家。著有《慎思录》、《大疑录》、《大和本草》、《益轩十训》等。

泡澡，散散步，心情会少一些忧郁，疲劳也能得到尽快恢复。不过，普通老百姓家里，没有密闭的房间，这办法似乎很难实行。

印度和中国南部等潮湿地方的人们，在这些方面本该比我们还要淡薄一些，然而并不是这样。他们和我们不同，一直吃肥腻的食物，住着开间合理、便于生活的房子，看来过着有滋有味的日子。但转念一想，历史上的古代中国多被北方所征服。再看印度的现状，也许因此也耗费了他们过多的精力。地大物博之国的人民那样生活倒可以理解，但像日本人这样爱活动、爱急躁、不服输，又生在这样的岛国，到底不能学他们的样子。总之，不论善恶，我们刻苦自励，武人研武，农夫忙于耕作，一年四季，勤勤恳恳，方能立国。假若稍有懈怠，像平安朝的公卿那样过着安逸的生活，立即就会遭到邻近大国的侵略，落得和朝鲜、蒙古和安南一样的命运。这种事情古今不变，况且，我们民族又有一副绝不服输的灵魂。可以说，我们今天身处东方、同时又列入世界一等强国，其原因就在于我们不贪图过分的欢乐。

因为我们的民族鄙视露骨地描写恋爱，又对于色欲十分淡薄，所以阅读我国的历史，对于暗暗发挥作用的女性的情况，一向不加以明确的记载。因我个人的职业，时常想写一部以过去的人物为题材的历史小说，但一直苦恼的是，这个人物周围女性的作用不很清楚。不用说，史上的英雄豪杰背后总有某种形式的恋爱事件，只有对这些方面毫无忌讳地加以描写，才富有人情味。那位太阁送给淀君[①]的情书实在是一份宝贵的资料，但是记载这封书信的东西相当稀少，即使有，历史专家也要费不少时日才能搜集一两种来。甚至历史上著名的人物，也不知有无正室，虽然有母亲，但不知其出身和姓名，考诸家之系谱，人们常常遇到这样的问题。事实上，日本自古的系谱图书，上自皇室，下至家族，男子的行动记载比较详密，而一到女

① 淀君(？—1615)，丰臣秀吉(太阁)的侧室，名茶茶。甚得宠，居山城之淀城，生秀赖。秀吉殁后，拥秀赖住大坂城，图谋复兴。城陷，母子自刃而死。

子，仅仅写着“女子”或“女”，不写生卒年月和姓名，这是普遍现象。就是说，我们的历史上有着一个个男人，但没有一个个女人。正如系谱上标的，她们永远都是一个“女子”——或者“女”。

《源氏物语》有《末摘花》一卷。有个专为源氏公子物色情人的大辅命妇。她向公子谈起已故常陆宫的长女，怂恿说：“那姑娘深居后宫，心眼儿和长相都不清楚。她一个人过日子，谁也不来往。每当有事的晚上，我总是隔着围屏同她谈话。她这人就喜欢弹琴。”于是约定，在一个秋天的夜晚，下弦月出来时，源氏悄悄去那姑娘避世隐居的茅屋相会。姑娘十分害羞，经命妇好言相劝，她也就不再拒绝：“我只管默默听他说些什么，不加理睬，那就隔着格子门见一面吧。”命妇觉得叫那公子站在格子门外，总有些失礼，遂将他领进一间屋子，隔着隔扇相会。源氏看不见姑娘的面影，心想：“侍女们都反复说了，果然不出所料，坐在对面的这姑娘看来十分文静。她那衣服散发着缕缕浓香，沁人心脾，使得我如醉如痴。”然而，源氏在隔扇这边不管说什么，姑娘都一言不发。

问卿卿不语，忍耐何多时？
倘不中卿意，明言当拒之。

源氏公子这么一嘀咕，隔扇里面的一位侍女，便代替姑娘搭话了：

夜半钟声起，相期一瞬间，
满怀儿女愁，当向何人言？

有了这番对话，源氏推倒隔扇进去，与姑娘结契。但室内一片黑暗，根本看不见对方的品貌。于是，源氏很长时期都是摸黑前往，从未见姑娘一面。一个下雪的早晨，公子打开房门，观赏院中树木上的雪景：“出来看看这美妙的景象吧，整天闷声不响，真叫人受不了啊。”于是，一群老年侍女都一齐劝道：“快点儿出来吧，可不能老呆在屋子里呀。这样下去可不好啊。”姑娘这才打扮一番，来到了外边(4)。

《末摘花》这一卷，到这里源氏公子才看到姬君鼻尖发红，甚感到扫兴。这件事情显得很滑稽。不过，这种滑稽的事情是可能存在的。可见，看不到对方的颜面照样可以交往，这在当时很普遍。第一，正如为源氏公子介绍情人的大辅命妇说的那样："心眼儿和长相都不清楚……晚上总是隔着围屏同她谈话"，可见她也没见过姑娘的面，只是隔着屏风什么的说说话儿罢了。"欣赏一下她的琴声吧。"这也不过是一句无心话。就是这么一句平常话儿，他也就上钩了，而且没有见到对方究竟长的什么模样，就那么一往情深。照现在看来，男方实在太好事了。我想，要是重视个性的现代男子，一夜之欢倒还可以做到，但这样能够享受真正的爱情，怕是做梦都想不到。不过，前面说了，平安朝贵族之间，这等事实在平常。女人就是名副其实的"深窗佳人"，红闺翠帐，帘幕低垂。再加上那时候房屋里光线黯淡，大白天也是模糊不清。更何况黑灯瞎火的暗夜，即使同在一间屋子里脸儿磕脸儿，也不容易看得分明。这是可以理解的。也就是说，在那种黑暗的空间，隔着屏风、帘子和重重帷幕，静悄悄生活于其间，女人所能给予男人的感觉，仅仅是彩衣窸窣的一丝微音，香炉上的一缕香烟。

即使再进一步，也不过感受一下滑腻的肌肤，抚摸一下如瀑的长发罢了。

这里顺便谈一件事，十多年以前，我曾在现在的北平，当时叫北京住过，感到那里的夜非常黑。最近听说那座城市建成了市内电车，街道也变得明亮和热闹了。不过那时候，世界大战还未结束，除了城郊妓院和戏园子等娱乐地区之外，太阳一落，到处一片黑暗。大街上尽管还算透着几分光亮，一走进小巷子，一团漆黑，豆大的灯光也看不到。有几户人家的地方，都围着高高的院墙，就像小型的城堡，大门严严实实地紧闭着，不留一丝缝隙，大门内还竖立着一道影壁，两三道门都上了锁。院子里看不到一点灯影，听不见一声人语。那阴森森的废墟一般的墙壁在黑暗中一直沉默着。我漫无目的地在墙壁与墙壁之间曲折而狭窄的小路上走着，不管到哪里，都是浓重无边的黑暗。因为太寂静了，不一会儿就感到被一种无名的恐怖追赶着，不由快跑起来。

现代城里人不知道真正的夜是什么，不，即使不是城里人，由于当今的世界就连偏远的乡村城镇最近也安装上了铃兰电灯，黑暗的领域被驱逐，人人都忘记了夜的黑暗意味着什么。我当时走在北京的黑暗中，心想，这才是真正的夜啊，自己已经很久忘掉这夜的黑暗了。我还想起，我在幼年时代，睡在惝恍的灯影里的夜，是多么凄清、寂寥、模糊和可怖！于是我感到了一种莫名其妙的怀念。

至少生在明治十年代的人，一定还记得，那个时候东京夜间的街道和北京完全一样。我记得从茅场町自己家到蛎壳町亲戚家，要渡过铠桥，只有五六百米远。我经常和弟弟一起屏着呼吸急急忙忙地赶路。当然那时候夜里，即使在繁华的商业街，女人家也不能一个人独行。十年前的北京和四十年前的东京是这副样子，那么一千年前的京都的暗夜该是多么宁静啊！我回忆到这里，又联想起“漆黑的夜”、“夜的黑发”等说法，于是对于当时女人身上附着的某种幽婉和神秘之感更加清晰了。

“女人”和“黑夜”从古到今都是如影随形。但是现在的夜，以强于阳光的眩惑和光彩将女人的裸体毫无保留地照射出来。与此相反，古时候的夜，是以黑暗的帐幕把女人垂首顾盼的倩影严实地包裹起来。渡边纲[1]戾桥逢女鬼，赖光[2]遭土蜘蛛妖精袭击，读那些故事，脑子必须想到这样一个可怕的黑夜。

妾在岸边住，江波连江波，
梦中欲见郎，无奈闲人多。[3]

思念心中人，无须入夜梦。
翻穿香绮襦，内里自风情。[4]

古人还有其他各种吟咏黑夜的诗歌，只有联想到“夜的黑暗”才能实际体会诗的意境。看来，古人是把白昼和黑夜当做完全不同的两个世界。诚然，白昼的光明和夜晚

---

① 渡边纲（953—1025），平安中期武将，源赖光四天王之一。传说他跟随赖光于洛北市原野杀死鬼同丸和酒吞童子，又驱除罗生门之鬼。

② 源赖光（948—1021），平安中期武将，以骁勇著称。传说他征伐酒吞童子和土蜘蛛。

③ 引自《小仓百人一首》，作者为藤原敏行朝臣。

④ 同上书，作者为小野小町。

的黑暗确实相差甚远。黎明到来，昨夜那个凄清、黑暗的世界立即消泯于千里之外，晴空一碧，日光晶莹。仰望白天的光明，回想昨夜的情景，切实感到夜是一种似有若无、不可思议的虚象，是浮游于人世之外的幻影。和泉式部吟咏道："春夜曲肱梦无绪。"想起那缥缈而短暂的夜间闺中情话，即便不是和泉式部，也一定会感到"梦无绪"的。

女人总是藏于暗夜的深处，昼间不露姿态，只是如幻影一般出现于"梦无绪"的世界。她们像月光一样青白，像虫声一般幽微，像草叶上的露水一样脆弱。总之，她们是黑暗的自然界诞生的一群凄艳的妖魔。往昔，男女作歌相互赠答，常常把爱情比作月亮或露水，这绝非如我们所想象的一种轻率的比喻。想那一夜柔情，香梦初醒，男人踏着庭前草叶归去，晨露瀼瀼，打湿了襟袖。露水，月光，虫鸣，情爱，彼此关系甚为紧密，有时会觉得互为一体。有人攻击古代《源氏物语》等小说中出现的妇女性格千篇一律，没有关于个性的描写。但是，过去的男人既不喜爱女人的个性，也不会动情于女人的容貌美和肉体美。对于他们来说，正像月亮总是同一个月亮一样，"女人"也永远只是同一个"女人"。他们于黑暗之中，听其微息，嗅其衣香，触其鬓发，亲其肌肤……一旦天亮，这些都消逝得无影无踪。他们认为，这就是女人。

我曾经在小说《食蓼虫》里，借主人公之感想，对文乐剧团的人形剧作过如下的记述：

……我耐心而仔细地观赏着，到头来已经不再看人形师了。眼下，小春也不再是抱在文五郎①手中的仙女，而是活生生地稳坐在榻榻米上了。但尽管如此，还是感到与俳优扮演的人物不一样。梅幸和福助②尽管演技都很精湛，可还是令人觉得这是“梅幸式”、这是“福助式”。然而这个小春就是纯粹的小春，而不是她以外任何一个人。没有俳优，表情固然不足，但我以为，古代的风尘女子也许就像剧中那样，不把喜怒哀乐明显表现出来。生活在元禄时代的小春，抑

---

① 吉田文五郎(1869—1962)，文乐剧偶人(女偶)师。本名河村巳之助。

② 中村歌右卫门(1865—1940)，五代歌舞伎俳优，五代福助。本名中村荣次郎，长于扮演美人角色。

或就是“人形般的女子”吧？即使不是这样，但来看净瑠璃的人们，心中的小春形象，并非属于“梅幸式”或“福助式”，而是这个人形的姿态。往昔人们理想中的美人，不易显现个性，无疑是一种极其缜密的女子，所以用人形表演最为适当，若发挥更多的特长反而成为一种妨碍。过去，人们也许把小春、梅川、三胜和阿俊[①]都想象成同一种面孔。就是说，唯有这种“人形小春”，才是存在于日本人传统之中的“永恒女性”的面影……

这种情形，不仅限于偶人戏剧，观赏画卷或浮世绘里出现的美人，也会有同样的感觉。因时代和作者不同，虽然美人的类型会有几分变化，但那著名的《隆能源氏》[②]等画卷里的美女的面容，人人都一样，全都没有个人的特色。大凡平安朝女子，看起来都长着同一张面孔。在浮世绘里，俳优的肖像画除外，仅就女人的面部来说，歌麿有歌麿喜

① 三胜和阿俊分别是净瑠璃脚本《三胜半七酒屋》、《四条河原情死》中的女主人公。

② 《隆能源氏》是《〈源氏物语〉绘卷》之一种，产生于平安时代末期。

欢画的面孔，春信有春信喜欢画的面孔，但同一位画家，总是不断重复画着同一种面孔。他们作为题材的女子尽管有好多种类型，娼妇、艺妓、商女、侍女等等，不过是在同样的面孔上添加不同的头饰和发型罢了。而且，我们从每位画家作为理想所绘制的众多美女的面孔上，可以想象出个个共通的典型的“美人”。不言而喻，古代浮世绘的大师们，不是没有辨别作为模特儿个人特色的能力，也不是缺乏表现这种特色的技巧，恐怕在他们看来，抹消那种个人色彩，反而更加显得美丽。他们相信，这就是绘画的艺术。

就一般而论，所谓东方式的教育方针，同西方相反，不正在于尽量抹杀个性吗？比如文学艺术，我们的理想不在于独创前人未有的崭新之美，而在于自己也能达到古代诗圣、歌圣已经达到的境界。文艺的极致——美这种东西，亘古唯一不变，历代诗人和歌人反复歌咏同一种东西，务必使之登峰造极。有这样一首和歌：

条条道路通山顶，一座高峰共赏月。[①]

总之，芭蕉[②]的境界也是西行[③]的境界。时代不同，文体和形式虽然各异，最终目标只有一个，就是“高峰赏月”。此种情景，较之文学，绘画——尤其看南画[④]就会明白。南画的长处在于，不论山水、竹石，个人技巧虽然各异，但由此而承受的一种神韵——或曰禅味，风韵，烟霞——即达及悟道的崇高的美感时常一致，南画家穷极的目标毕竟在于获得这样一种品格。南画家经常为自己作品题款曰“仿谁谁笔意”，即表明自己所为只是步前人后尘罢了。由此可知，古来中国绘画之所以多赝作，且多有巧于赝作之人，其原因未必有意骗人，对于这些人来说，或许并不在乎个人功名，而是以使自己同古人达于一致为乐。

---

① 传说为一休和尚所作。

② 松尾芭蕉（1644—1690），江户前期俳人。名宗房，号芭蕉。所作俳文、俳句众多，有《俳谐七部集》，创造蕉风俳谐。此外还著有日记《嵯峨日记》，纪行《野曝纪行》、《奥州小道》等多种。

③ 西行（1118—1190），平安末、镰仓初期歌僧。俗名藤义清。长于写抒怀歌，《新古今集》收录其作九十四首。另有歌集《山家集》传世。

④ 亦称南宗画，即中国文人画。江户中期传入日本，产生了池大雅、与谢芜村等一批优秀的南画家。

其证据是，虽然作假，但都精心绘制，为了实现神似，作者本人必须具备高超的技能和旺盛的创作热情。一个满心私欲的人是很难做到的。既然主眼于穷其古人美的境界，目的不在于张扬自我，那么，作者名字是谁也就变得不重要了。

孔子以复政于尧舜之古为理想，时常宣扬“先王之道”。虽说这种范古复旧的思想，妨碍了东方人的进步与发展，但不管是坏是好，我们的祖先都铭记于心，从而在伦理道德的修养方面，较之自己扬名于世，更以保持先哲之道为第一要义。特别是女人，应抹杀自己，摒弃私情，埋没个人长处，努力达到一个“贞女”的典范。

日语中有“色气”[①]这个词儿，很难译成西方语言。最近埃莉诺·格林发明的“it”一词，是从美国传过来的，但和“风韵”的涵义不同。电影里看到的克拉拉·鲍，是个有丰满“it”的主儿，但她却是个和“风韵”相差甚远

---

① 风韵、风流、风骚之意。

的女子。[1]

过去，家庭中有公婆的人家，媳妇反而显得别具风情，丈夫也很喜欢她这样。今天的新郎新娘，即便双亲健在，也大都别居，或许不了解这样的心理。媳妇尊敬公婆，背地里又厮磨丈夫，寻求爱抚——矜持的态度里又似乎隐藏些别的什么——许多男子从那副风情里可以感受到一种说不出的魅力。比起放纵与露骨，压抑于内心里的爱情包也包不住，时时无意识流露于言行之端，更能引得男人心动。所谓“风韵”，实际就是爱情微妙的外现。这种表露如果超出了朦胧与细微而表现积极，反而被认为“没有风韵”。

风韵本来是无意识的，有人天生具有风韵，有人生来就是没有。没有风韵的人硬要装得风情万种，显得很不自然，只会惹人生厌。有人长得漂亮而没有风韵，相反，有人脸面虽然丑陋，但声音、肤色、身段，不知怎的，却颇见风流。观察西方女人，当然也能看出这种区别，但由于她们的装扮以及表达爱的方式，带有过多的技巧性和挑逗

---

① 1927 年，英国小说家 Elinor Glyn 用“it girl”形容美国电影《IT》中的好莱坞明星 Clara Bow。该片上世纪三十年代在日本放映，风靡全国。“it”一词遂成为流行语。后来人们用“it girl”形容极富性感、品位及性格的女星。

性，很多场合反而变得毫无魅力。

天生风流之人自不必说，即使这方面欠缺的女子，将爱情或欲望装在心里，尽量包藏不露，其情感上反而别具一种风韵。从这一点上看，对于女人施行儒教或武士道的教育，亦即培养女大学[1]式的“贞女”，有一半是在造就最具风韵的女人。

一般说来，东方女子于姿态美、骨骼美方面，虽然逊于西洋女子，但皮肤美、肌理细，远胜于她们。这不仅出于我个人肤浅的体验，很多内行人都是这种看法，还有不少西方人士也抱有同感。实际上我还想进一步说明，即使在触觉的快感上（至少在我们日本人），东方女子也优于西洋女子。西方女子的肉体，论色泽，论匀称，远眺时甚觉妩媚动人，而近观时，肌理粗糙，汗毛蓬蓬，格外叫人扫兴。还有，看上去四肢修长，似乎正是日本人所喜爱的那般坚实，而实际上抓起她们的手脚一看，肌肉稀松，泡

① 指江户时代用于女子修身、齐家的训示书。

泡囊囊，缺少弹性，毫无丰腴、充实之感。

单就男人一方来说，西洋女子似乎不宜于拥抱，而多适于观看；东方女子正好相反。仅就我所知道的来说，皮肤滑嫩、肌理细腻，要以中国女人为第一，而日本人的肌肤比起西洋人来更加温润致密，尽管肤色不很白皙，但有时略带浅黄色反而愈增深邃和含蓄之感。自《源氏物语》产生的古代一直到德川时期，作为习惯，日本男人毕竟没有获得于光明之下、清清楚楚饱览女人整个身姿的机会。他们只能于兰灯幽微的闺阁之内，仅对极少部分肌肤略施爱抚罢了。可想而知，日本人的女人观，就是这种习惯自然发展的结果。

要问克拉拉·鲍之流的“it”和女大学之流的“色气”哪个更好，则应该随人所好。不过我所担心的是，像今天美国式的暴露狂时代——轻歌剧流行，女人的裸体变得一点都不神秘了，所谓“it”不就渐渐失去魅力了吗？再美的美人，也无法做出较之全裸更加彻底的暴露了，如果大家对于裸体全都钝然不觉，那么，苦心孤诣造就的“it”，到头来就再也不能挑起人们的兴趣了。

《倚松庵随笔》(昭和七年四月刊)头注:

(1) 介绍奈良古美术、发现芳崖[①]和雅邦[②]的西洋人费诺罗萨[③]自当别论。

(2)《今昔物语》此外还有许多关于女贼的记述,已故芥川龙之介的小说《偷盗》,就是受此书的启发而以王朝时代女贼为主人公的作品。

(3) 原文接着写道:

想来想去,终于打定了主意,一天夜里草草准备一下,决定马上出发。随即邀集三个青年伙伴,由一人引路,摸黑到二条殿御所。只见豪华的客厅里立着彩绘屏风,四五个年轻女子出出进进,个个长得如花

---

① 狩野芳崖(1828—1888),明治时期画家,近代日本画之父,代表作有《悲母观音》和《不动明王》等。

② 桥本雅邦(1835—1908),明治时期画家,为日本画的革新做出巨大贡献,代表作有《白云红树》和《龙谷图》等。

③ Ernest Francisco Fenollosa(1853—1908),美国东洋美术史专家,因评价并介绍日本美术而闻名。

似玉，美艳动人。开始时不知哪个是尾上姑娘，于是回忆一下，尾上姑娘的美丽容颜立即清晰起来。酒过二三巡之后，她们又献茶，又燃香。不一会儿，尾上姑娘手里拿着自己饮罢的酒杯走来，紧紧依偎在我身旁，给我敬酒。我那时喜出望外，简直就像做梦一般。

于是，一夕喁喁情话，绸缪之中，东方欲曙。晨鸟啼鸣，寺钟传响。两情于枕畔共结同心，愿永世相守。分别时，于霜风鬓影之间，看她那一副花颜粉面、翠黛朱唇，直到现在仍历历如在目前。那姑娘走到廊缘，吟了一首歌：

偶遇情郎恣意欢，一朝轻别何时见?

我随口答道：

卿泪盈怀湿我衣，以此留作长相思。

此后，我常常到二条殿去，尾上姑娘也悄悄到我的宿舍来。

云云。由此可见，自从初会之后，已经不是原来的想法，他们的关系继续维持下来了。结果，这位女子不久为盗贼所杀，武士也因厌世而出家了。是一篇恬淡的爱情故事。

（4）原文如下：

好容易熬到天明，源氏公子亲手打开格子门，观赏院子里树木上的白雪。地面上没有人走的脚印。放眼远望，天地空阔，一片荒寒景象。公子甚感寂寥，心想，就这么回去，将那女子一人丢下，实在太可怜了。于是抱怨地说道："出来看看这早晨美丽的雪景吧，就这么一直闷在屋里，真叫人受不住啊。"周围虽说天还没有大亮，但在雪光的映照下，源氏公子越发显得青春焕发，器宇轩昂。老侍女们都一个个笑逐颜开，也一起喊道："快出来吧，可不能老呆在屋里呀。这样下去可不好啊。"那姑娘本不想露面，但又不好忤了众人的好意，只得梳洗打扮一番，走了出来。

厌 客

我曾经读过寺田寅彦[①]先生的散文，他在文章里描写过猫的尾巴，说真不知猫干吗长着那样的尾巴，看起来一点用处也没有，多亏人身上没有长着这种麻烦的玩意儿，实在幸福。我却相反，时常想，自己要是也长着那种方便的玩意儿该多好。爱猫的人谁都知道，猫被主人呼唤名字，当它懒得“喵——”的一声回答时，就默默地摇摇尾巴尖儿给你看。猫俯伏于廊缘上，很规矩地蜷起前爪，一副似睡非睡的表情，迷迷糊糊，正在美美地晒太阳。这时，你叫唤它的名字试试看。要是人，他会大声嚷嚷：“吵死啦！人家正要困觉哩！”或者很不耐烦地含含糊糊应上一句。再不然就假装睡着。而猫总是采取折中的办法，用尾巴回答。就是说，身体其他部分几乎不动——同时，耳朵灵敏地转向发出声音的方向。耳朵暂且不表——眼睛半睁半闭，保持原来的姿势，寂然不动，一边昏昏欲睡；一边“拨楞拨楞”微微摇动一两回尾巴尖儿。再唤一次，又“拨楞”一次！你一个劲儿唤个不停，最后它还是不回答，两次三番用这种办法对付你。人们看到猫尾巴在动，知道它没有睡着。按理说，也许猫本身已经几分入睡，只是尾巴反射性地摇动罢了。不管怎样，以尾巴作为回答，这是一种微妙的表现方法。发声是很麻烦的，而沉默又有点不近人情，用这种方法作为答礼，意思是说：你唤我，我很感谢，但我眼下正困着呢，请忍耐一下吧——一种既懒散又机警的复杂心情，通过简单的动作，极其巧妙地表现出来了。而没长尾巴的人，碰到这时候，就无法做出恰如其分的灵活的反应。猫是否有此纤细的心理还是个疑问，但看那尾巴的动作，你不能不承认它有着这方面的表现。

---

① 寺田寅彦（1878—1935），又名吉村冬彦，物理学者，夏目漱石的门生，长于写作随笔和俳句。

我为什么要说这些呢？别人是不知道的，实际上，我很羡慕猫，经常在想，要是自己也长个尾巴就好了。比如我正坐在书桌前执笔写作，或者正在思考问题的时候，突然家人闯进来，向我絮絮叨叨说这说那。我要是有尾巴，只要将尾巴尖儿轻轻摇动两三回，其他可以一概不管，照旧写我的文章，或思考我的问题。最痛切地感到尾巴之必要，莫过于有客来访的时候。厌客的我，除了情投意合的同仁或敬爱的久违的朋友之外，我很少主动和人会晤。因为大都是例行公事，除了有要紧事之外，如果是漫无边际的闲扯，不到十或十五分钟我就受不了了。有时我自己只顾听，客人只顾聊，过不多久，我的心就脱离了谈话主题，完全置客人于不顾，一味沉浸在随心所欲的幻想之中。或者飞向刚才自己的文章所创造的世界。虽然不断地“哼”、“哈”应付，但头脑渐渐失控，变得迷迷茫茫，白白浪费了时间。有时猛然感到这样太失礼，立刻打起精神来。可这种努力很难持久，过不多会儿，又心猿意马起来。每当这种时候，我就幻想自己长出了尾巴，于是屁股也跟着痒痒了。有时，我就不再哼哼哈哈的了，只是摇摆着想象中的尾巴，随便敷衍过去。遗憾的是，想象的尾巴和猫的尾巴不同，对方看不见。尽管如此，从自己的心情来说，摇与不摇还是不一样的。即使对方毫无觉察，我依然想靠摇动这根想象的尾巴做出应有的回答。

那么，我究竟打何时起变得这样——甚至羡慕起猫的尾巴来了——懒得和人谈话呢？其原因何在呢？想来想去，连我自己也闹不清楚。辰野隆[①]等老同学都知道，我从初中到高中到大学，绝不像现在这样沉默寡言。辰野是人所共知的座谈会上的雄辩家，我的口才也绝不弱于他。我善于以东京人特有的辩才轻而易举地使听的人如醉如痴，晕头转向。我说话常有警句，幽默诙谐也绝不甘后人。我逐渐变得不爱说话是在开始写东西以后，那么是因为寡言而厌客，还是因厌客而寡言呢？我想，多半还是因为厌客吧——换句话说，不喜欢交际——要问成了作家为什么就

① 辰野隆（1888—1964），法国文学研究家、随笔家，著有《波德莱尔研究序说》等。

讨厌交际，关于这一点是有种种原因的。

我这个生在日本桥商业街投机家的儿子，有着一副特殊的品性，讨厌当时那些所谓文学艺术家们身上的乡巴佬气。虽然在他们之间不乏东京人，但以早稻田派的自然主义一帮子人为首，大多都是农村出身，所以，他们所酿造的空气里总是散发着一种乡下人的土腥味儿。虽然我也多少受到他们的感化，一头蓬乱的长发，一身脏兮兮的衣衫，但不久就感到厌倦。从那以后，就精心打扮起来，不再显文人气。穿西服时，要么上下一身笔挺，要么黑色上衣加上条纹裤子。再不然就穿礼服，戴礼帽。穿和服时，一身结城茧绸或大岛绵绸外加素色大褂，腰带扎得板板正正的，风度翩翩，一看打扮就知道是商家少爷。这件事引起小山内[①]君一些人的反感，也遭到大家的厌弃和憎恶，于是，我越来越远离过去的朋友。我讨厌乡巴佬，自然也讨厌书生气，因为净是一些不足与之谈话的对手，所以很少加入文艺理论的论争。因此我有一个信念，我认为没有必要交

① 小山内薰(1881—1928)，剧作家、导演，东大毕业，1909年和市川左团次共建自由剧场，是日本话剧的开创者。

文学家朋友，还是尽量孤立一些为好。这个信念至今不变。我之所以敬慕永井荷风[①]氏，就是因为他一贯实行孤立主义，没有一个文人像他那样将这个主义贯彻到底。

当初，我不喜欢交际，但未曾想到会成为一个沉默寡言的人。我想，虽然与人接触少，没有机会说话，但想说还是可以尽情地说，以我生来的一副伶牙俐齿的辩才和轻快流畅的江户口音，只要自己高兴，还是随时都能发挥出来的。事实上，起初也是如此。但是随着次数的减少，机能逐渐衰弱，不知不觉，我几乎不会说话了，即使想像往日那样侃侃而谈也办不到了。这样一来，也就渐渐对说话失去了兴趣。如今我六十三岁了，讨厌交际和沉默的脾气越来越严重，自己也无法改变。在沉默这一点上，吉井勇[②]或许比我还厉害，但不管怎样，吉井他不讨厌交际，

① 永井荷风（1879—1959），唯美派作家，本名壮吉。作品有《隅田川》、《墨东绮谭》、《美利坚故事》，日记《断肠亭日乘》等。

② 吉井勇（1886—1960），歌人、剧作家。作品有歌集《祝酒》，戏曲集《午后三时》等。

虽说话不很多，但总是笑嘻嘻的，一副可爱的样子。而我呢，一有不满就立即表现在脸上，稍有倦怠，哪怕在人前也会打哈欠、伸懒腰。只是一旦醉酒就想说话，但一说话，怎么也不像过去那般滔滔不绝了，只不过比平时多少显得有些饶舌、语调也变高了一些罢了。所以对我来说，日常生活中最苦恼的是有客人来访。苦恼而有意义也还能忍耐，但如上所述，以孤立主义为信条的我，如果是在想会客的时候，又是想会见的人，在我规定的时间里可以见一见，其他人还是不见的好。有这样的想法，照理说来访问我这样一个人是很头疼的事情。谁知，尽管如此，来的人依然络绎不绝。战时疏散到乡村暂时躲过了这种灾难，但在京都安家以后，客人一天比一天多起来了。

再说，近来我已经进入高龄，更加有理由奉行长年以来的孤立主义了。为什么呢？因为我虽然不喜欢交际，但六十多年来，也有相当多的朋友，比起青年时代，现在交际的范围非常广泛。青年时代多交一个朋友，至少可以多见识一些世事，这样做也许很有必要。但就我来说，不知将来能活多少年，活着期间所要做的事大致都能预想得到，估计这些工作量在活着的时候很难做完，所以我将倾其余生，按照预定的计划，孜孜不倦努力彻底完成。要我再去交友识人世，几乎没有这个必要。对于别人所要求的只是：不要打乱我的预定计划，不要给我添麻烦。当然，我这样说，听起来好像自己是个勤奋之人，只顾埋头工作，不愿浪费一寸光阴，实际上完全相反，我从年轻时候起，笔头就比一般人迟笨，到老后再加上各种生理障碍——如肩膀酸疼、视觉疲劳、神经痛、腕子疼——这种情形越来越严重，往往写上一张稿纸就坚持不住，必须到院子里散散步或在客厅里转悠一圈儿。虽说在工作，但真正执笔的时间很少，而闭目养神的时间尤其多。就是说，一天之间，万事俱备、下笔千言的时候少之又少，一受干扰就损失严重。有人只要求见上三五分钟，但我必须为这个三分或五分而中断文思，之后再回到书斋也无法立即接续下去。这样一来就得白白浪费三十分到四十分钟。有时候甚至根本写不下去了。所以，这和来人打扰的时间长与短没有多大关系。

鉴于此种情况，最近我尽量缩小交际范围，至少不再扩大现有的范围，尽量不再结交新朋友。过去虽说讨厌交际，但美人例外，经美人介绍的来访者也不受限制，现在连这些也都不再看重。这是因为，喜欢美人虽然至今没有改变，但上了年纪之后，对于美人也变得挑剔起来。一般的美人，尤其是今天顶尖儿的美人，在我眼里一点儿都显不出是美人来，只不过引起反感罢了。我心中自有我的佳人标准，但是真正符合这个标准的简直如晨星寥落，故而也不一味奢望出现这样的女子。还不如满足于我目前已有的几位红颜知己，今后继续和她们保持关系，以使我的老年余生枯树开花，大放异彩，不想再寻求更多的刺激了。

拒绝来访者有各种办法，最常用的是假装不在家。对于担当传达的女孩子来说，与其大费口舌，不如说“现在主人不在家”最为简单。但我不喜欢用这种方式，而是告诫家人，可以说：“主人在家，但是没有介绍信不接待。”至少这说法比较诚恳，可使来客彻底断念。我讨厌对客人撒谎——小小的住宅，为了撒谎，不能上厕所，不能打饱嗝，也不能打喷嚏——如果不明确表示在家而不见的道理，还会三番两次地来访，交通不便，会给客人造成许多麻烦。

男佣还好办，碰到女佣当班，就会付出一些不必要的同情，甚至说什么“眼下不凑巧正忙着”之类的话。这样反而把问题弄得模棱两可起来。“什么？生气也不怕，再去说清楚些！”但有的客人怒气冲冲一再追问下去，不肯善罢甘休。这时候女人总是不那么果断。但我始终坚持不应，传达的人只好一直受夹板子气了。

东京及其他远地方来的人不忍拒绝，但没有介绍信的不能会见，这是铁则，我是严格奉行到底的。大家都知道我有这个规矩对以后有好处。其中有些来客，举出我的朋友的名字，说和某某先生很有交情；有的人说某某先生答应要给写介绍信的。于是就回应说：那就麻烦你请某某开个介绍信再来吧。一般经这么一说，那人就从此不会来了。真正带介绍信的来客当然要见，不过我的朋友们也都能体谅，很少将那些爱纠缠的客人硬推到我的家里来。

东京怎么样我不知道，住在京都时，经常被招去吃吃喝喝。开座谈会倒也罢了，许多时候光是吃喝一番。要是出席人多的集会，自然一交换名片，就出现了新的相识，仅仅这一点就使人大伤脑筋。再加上老人对食物，就和对美人一样，有各种苛刻的要求，所以，请吃饭绝不是什么好差事。尤其自战争以来，为了吃一顿过去那样的饭菜，必须由头面人物带领，还要投一笔大钱。此种事情对于我们普通百姓来说很难办到，招待一方大概是打算大施恩惠，或者利用我们出头自己补充营养。所以，近来专门以“补充营养”为目的，各种奇奇怪怪、五花八门的饭菜十分流行。去年到东京时，应邀去一家郊区饭馆吃饭，有金枪鱼生鱼片、牛排、炸虾菜、炸肉排等品种。又去某家乡下旅馆，晚上吃的是海鳗砂锅，量多得惊人。第二天早餐又是鸡素烧①。不光是这种偏远的郊区，京都闹市中心的旅馆（?）等地，也曾有人请吃过这样的饭菜，都是日本菜、中国菜和西餐混在一起，从摆设上似乎把我们当成平素只是吃配给制的人种，逮住这个时机增加营养来了。饭菜的一切礼仪作法都被忽视，吃那种下贱的饭菜简直是不当人看待。我虽上了年纪，但胃口相当好，做的菜只要不很差，我总是吃个精光。但吃饱以后，就感到将这些乌七八糟的

① 牛肉和豆腐、大葱一齐烧煮的火锅。

东西塞进肚子，实在有些丢人现眼。而且更气人的是，由于当天狼吞虎咽，致使两三天食欲减退，本来家人专门做了自己爱吃的饭菜，可以在自家轻松愉快享用晚餐的，这下子全告吹了。

营养过剩的多脂肪菜肴，对老人的健康十分有害。比起这些，我喜欢那种使用极富韵味的大酱或酱油做出的合乎自己口味的家常饭菜。实际上，较之近来普通街市上的饭馆，还是自家的材料更让人放心，炸东西非在自家里使用完全纯净的食用油就不随便吃。总之，对我来说，凡是吃喝之类的集会，我想去的只限于有自己所喜欢的人，有可口的菜肴，时间也不会影响自己的工作。不过事实上，就连这样的场合也无法引起我太大的兴趣。

昭和二十三年七月记

旅行杂话

记得一位外国旅行家，大概是德国人吧，说过这样的话：在日本，没有受到西洋坏的影响、风俗习惯等依然保有最多古代日本美的地方，是北陆某某地区。这位外国人一来日本，就到这个地方旅行，但他就是不肯告诉别人究竟在哪里。他是作家，但绝不在著作中提到这个地名。他害怕，这个地方一旦为社会所知晓，城里人都争先恐后到那里去，当地也要进行各种宣传，大搞建设，结果使原来的特色都失掉了。

一些和这位外国人具有同样心理的美食家，发现一家好吃的馆子，也不轻易告诉朋友。虽说这样显得有点儿心术不正，但这种小店往往小巧玲珑，在商家中也是属于好的，一旦生意红火起来，马上就要扩大店面，外观气派了，饭菜质量下降了，服务也马虎了。所以谁也不告诉，自己悄悄跑去吃喝，独享其乐，也不会使得小店受损失。实际上我也在学习那位外国旅行家的心理，凡是自己满意的地方和旅馆，除了被十分要好的朋友问起之外，很少向人吹嘘，写文章也闭口不提。这实在是很矛盾的，自己时常去的旅馆，住得舒心，待客亲切，价格也很低廉，但一看到生意不好、知名度不高，总想帮助宣传一番，这也是人之常情。自己以文笔为业，故意隐瞒真情，辜负人家的好意，恩将仇报，有时内心里实在过意不去。尽管如此，我还是决定不改变这个方针。

举个例子，关西地方有个某县某町，过去是观赏萤火的胜地，近年来由于善于宣传，每年一到初夏，就要想点子在京都、大阪的报纸上大做广告。被招去看萤火的城里人也不少。谁知到那里一看，没有一只萤火虫在飞。因为报上的宣传和实际情况不符，于是抓住街上人或旅馆的女侍一问，有的说来早了一周，有的说要等到十天以后，也有的说要等半个多月，众说纷纭。早已到了赏萤的季节，本来不会一只也没有的，实际上是这座城镇早已没有萤火虫了。据当地老人说，因为过去是胜地，肯定有很多萤火虫，可是近年游客猛增，旅馆业竞相建筑高楼大厦，随着城镇的繁荣，萤火虫一年比一年减少。为什么呢？因为萤火虫不喜欢热闹地方，尤其厌恶电灯光，而栉比鳞次的旅馆一带，偏偏电灯又特别多。不用说大门和走廊，从庭院到河边，一直到山麓一带，都安装了无数只电灯。这种设施似乎是专门用来驱赶萤火虫的，如此明亮，想飞来也不能飞来。就是飞来了，其光明也完全被夺走，人眼看不见了。对于当地人来说，这种做法实在缺乏远见，他们大搞宣传，只想招徕更多的游客，越是宣传，越加繁荣，旅馆也就越多。为了争夺旅客，不得不安装更多明煌煌的电灯，以便吸引行人的眼睛。长此以往，宝贵的胜地变得有名无实了。更为滑稽的是，为了逃避受广告欺骗而来的游客的责难，只得从别处捕捉一些萤火虫来，在庭院里放上几只做做样子。

滋贺县管辖的 M 地方是大粒萤火虫——源氏萤的产地，名闻遐迩，近年来也大搞宣传。我没有去过，那里每年向皇宫进献萤火虫，确实产量可观。但是禁止捕捉，违反者治罪。结果，享受不到观赏萤火的乐趣，这一点和前者一样，没有任何区别。

瀨户内海里不知是属于广岛县还是爱媛县的某个小岛，到那里去必须从中国地方[①]或四国的港口乘小火轮，因为开往别府的大船不经过这个小岛，所以京都、大阪的人们很少光顾。岛上有两三家旅馆，规模都很小，一楼店面贩卖杂货和食品，主要经营运输业，租金很便宜。我喜欢濑户内海，有一次因为有事偶然路过小岛，为了等下一班轮船，曾经在一家旅馆里休息。我们两个人，从早晨七点到下午四时，占据二楼的一室，其间吃了一顿午饭，专门为我们烧了洗澡水。最后一算账，一共两元，一人一元。然而居室绝对干净，饭菜味道也不坏。因为是海岛，鱼自然很新鲜。四国又是盛产鱼糕的地方，不论走到哪里，光吃鱼糕就可以了。小岛上也卖伊予产的鱼糕。我洗完澡后，睡了一会儿午觉，被褥非常舒服，使我很受感动。大多数

① 日本人将本州西部广岛、冈山一带称作“中国”或“中国地方”。

旅馆，被褥都是绸缎面子，里头絮的旧棉花，看起来漂亮，盖在身上很沉重。但是这家旅馆相反，外面是棉布，里面的棉花是新的。冬天盖两床被子，心想可能很重，实际上并不重，原来棉花属于优质棉。

我对这里的一切甚为满意，于是问道："这岛上有洗海水浴的地方吗？我想带着家人来洗海水浴呢。"回答说："有啊，住在神户的一对西洋夫妇，每年都带着孩子来这里。他们将二楼全部租下，住上十多天。"我又进一步得知，离这里一百多米远的海岸，虽说没有什么特别设施，但确实是一处理想的海水浴场。楼上走廊两侧各有一间带客厅的房间，可以包租，每人每天两元。我暗暗想到，那对神户的西洋夫妇，也和前面提到的德国人一样，出于同一种想法，对谁也不说，自家单独到这个岛上来避暑。

今天，凡是有名的海水浴场，水质清洁的地方几乎没有。本来干净的海洋，由于众多人都来游泳，已经变得污浊不堪了。而这岛上的海水却很清澈明净，仅是这一点，就感到心情舒畅。而且从神户来，不必乘火车，夏天里实在难得，再加上船票比火车票便宜得出奇。海滩很闲静，衣服脱下来不必担心丢失，光屁股也不怕人看。不过，除了泡海水，什么娱乐也没有，有些寂寞。但众所周知，夏季的内海像池水一般平静，可以乘船自由出入，坐小汽艇能到附近各岛和四国、中国地方的海港游玩。神户的西洋人发现了这个理想的避暑胜地，独自享受着，较之到云仙、青岛、轻井泽等旅馆昂贵的避暑地，能够找到这里来，可算是个头脑聪明的主儿。

我近来时时感到，很需要到一处完全听不见电车、火车声响的地方，好好睡一睡，想一想，哪怕只是一天也好。为此，我有了旅行的欲望。然而，符合条件的地方逐渐减少了。打开地图一看便知，狭长的国土上铁路纵横如蛛网，年年还像血管分支一般伸向各个角落，听不到汽笛声的山间幽谷只是一个劲儿缩小范围。铁道部、旅游局、观光事务所等宣传机关，处心积虑招引客人，所有胜地都失去了当地的特色，变成了城市的延长线。

我讨厌登山，所以看不到日本阿尔卑斯[①]繁荣的景象。山的好处本来在于富有超越人世的雄大之感，呼吸着不受人间污染的清凉的空气，不是吗？古人云“瞑合于万化”，又云“悟天地之悠久”、“游于神仙合一之境”，登山的趣味不正是如此吗？果真是这样的话，今日关于信越地方的宣传就会损害“山岳”这两个字的意义。从前小岛乌水[②]氏等人第一次讲述那个地方雪溪之美的时候，就说富士山已经变成人人都去的庸俗的山，建议要开发信越地方。如今那块地方也许比富士山更庸俗。本来就是小屋，而称为“hütte”[③]，东京市中心也出现了所谓“某某庄”的旅馆，可以想象，哪里是什么超越人世，简直是变成了最世俗化的场所，虽然是乡间，从地方特色上看，却走入了都市文化的尖端。为此，那些想接触山岳灵气的人们，像古代大峰山行者那样抱着虔敬之心而立志登山的人们，只好尽量物色不为世间所知的山岳地带了。为此怎么办呢？就得先

① 位于日本本州中部的飞驒、木曾和赤石三座山脉的总称，因景观似阿尔卑斯山而获此名。

② 小岛乌水（1873—1948），日本登山家、随笔家、文艺评论家。

③ 德文，山中小屋。

打开地图，着眼于铁路网眼比较粗的部分，寻找位于那个范围以内的山峰或溪谷。当然，这里的山不是名山，山峰之高、溪谷之深，展望之雄大、风光之秀丽，远不及阿尔卑斯地方的山峦。故而山贵不在高，而贵在没有人间烟火气和市井庸俗气。所以，凡山凡水反而有山野之趣，也许可以洗涤俗尘之心肠。这种情况不仅限于山，比如上面所说的观赏萤火的胜地、赏樱赏梅的胜地、温泉、海水浴场等，所有名闻天下的一流土地，多多少少都被糟蹋了。倒不如搜寻一些二流三流的地方徜徉其间，更能达到旅行和游览的目的。

照这么说，对于那些想品味寂寞之旅的深趣的人来说，发达的宣传机构倒成了一种干扰。不过有时也会提供一些便利。尤其是最近，比起海洋，人们更喜欢山上，过去热了去海，冷了也去海，生了肺病还是去海；如今，夏天登山，冬天滑雪，对于肺病患者，山里有紫外线，所以山越来越热闹了。像我这种人，连眼睛鼻子底下的甲子园球场都懒得瞅一眼，一向疏远体育。一到冬季，各个车站天天贴广告，报告各地滑雪场的积雪量，电台也大肆广播。看到那景象我甚感惊讶，心想值得那样吵吵嚷嚷宣扬一番吗？可是经电台和铁道部这么用力一帮衬，正愁寒假里没有去处的人，一下子都拥到积雪的山里去了。就是说，当局的宣传像一把扫帚，把那些闹哄哄的客人全部扫到一个地方去了。

先前听和气律次郎君说，近来经过纪州的白浜大张旗鼓的宣传，结果别府变得冷冷清清，完全败退下来。本来嘛，我们就是喜欢新鲜、爱赶时髦的国民，某个地方敲锣打鼓一闹腾，全都蜂拥到那里，其余的地方都变得空荡荡了。因此，吃透这一点，趁着宣传集中于一地的时候，反其道而行之，就能获得一次愉快的旅行。我不具体指出哪里哪里，那样太不近人情，大体说来，濑户内海沿岸和岛屿都是被闲置的地方。冬天到那里一看，到处暖洋洋的。阪神地方当然也暖和，但那边还要暖和，一月末梅花就早早开了，采得蓬艾做草饼。由于避寒的游客都集中到白浜、别府和热海等地方去了，各处的旅馆静悄悄的，实在令人感到悠然自得。

我喜欢观赏樱花，春天要是看不到樱花烂漫的景象，就尝不到春的情味。关于这一点也有门道可循。办事机敏的铁道部，每年一到山间积雪消融、不能滑雪的时节，就开始赏花的宣传，四月中旬自然就开通赏樱的专列。到了下一个星期天，就一一详细报告哪里到了赏樱的盛时，哪里才有七分开。想平心静气观赏樱花的人，可以避开这些场所。因为，赏花不仅限于风景胜地的樱花，只要有一棵灿烂盛开的樱树，就可以在花荫里张起幕幔，打开饭盒，心性陶然地享受一番。只要是有心人，就能避免乘坐火车、电车的麻烦。例如我所居住的精道村后山一带，有人人都不在意的溪谷和台地，恰恰在这里，可以找到理想的赏花场所。

我要悄悄告诉大阪地方的读者诸君，说真的，在桃花开放时节，乘关西线火车眺望春天的大和路①，这是我的一个爱好。众所周知，开往那边的电车，碰到赏花季节，

① 古代称大和王朝所统治的奈良盆地一带为大和。大和路指通往大和或穿越大和境内的路，尤指从京都五条口经犹见、木津至大和的路。

每一趟都挤满了人，列车超员，速度又快，每一次都出问题。这时候，不妨乘坐自凑町发车，穿过早年发生滑坡的某某村的隧道，经过柏原、王寺、法隆寺、大和小泉、郡山等小站，抵达奈良的火车。特快要四五十分钟，而乘这条线上的普通列车要花一小时十二三分。乘快车没有意思，还是每一站都停的列车最好。你一乘，首先吃惊的是，电车是那样拥挤不堪，而火车是如此空空荡荡，每一节车厢的乘客都寥寥可数。三等车既然如此，二等车肯定更是这样。将两腿伸在宽阔的坐席上，“嘎嗒”一声停下了，又“嘎嗒”一声开动了。一边在慢悠悠的车厢里摇晃着身子，一边迎送着窗外烟霞迷离的大和平原的景致，森林、山丘、田园、村落、堂塔等，宛如武陵桃花源一般，不知不觉就把时间全给忘了。何时到奈良，现在到了哪里，下面是什么站，对这一类事情毫不关心，车子“嘎嗒”停下了，又“嘎嗒”开动了，反反复复，永无休止。车窗外，永远是烟雾迷蒙的平原，连续不断，似乎没有日暮的时候。我尤其喜欢于春雨纷纷而降的午后，乘坐这条线路上的火车，每到这个时候，身子慵懒，迷迷糊糊，昏昏欲睡之中，不时合着车子“嘎嗒”一声响，睁开眼睛，车窗玻璃已经迷漫着水汽，外面的平原细雨溟蒙，远方的佛塔和森林包裹在温润的雾气之中。虽说到奈良只有一个多小时，但浑身却充满一种无限的闲适之感。如果时间允许，还可以绕道樱井线，经过高田、亩傍、香久山一带，沿途有樱井、三轮、丹波市、栎本、带解等车站，然后到达奈良。要想巡游大和，比起匆匆忙忙、走马观花，还是在这种火车里呆上几小时为好，这是使自己的心情体验到无限悠久的几个小时，真可谓千金难买啊！所以，那些吝惜几个小时和一点儿车票差价、争着乘坐电车蜂拥而来的人们，使我感到不可思议。这个时代时兴高速度，不知不觉，一般民众对时间失去了耐性，不能平心静气一直专注于某一事物了，不是吗？因此，我认为，恢复这种平静的心情也是一种精神修养，我劝你不妨乘坐一次这种火车吧。

我从东京回大阪，经常乘坐夜里十一点二十分东京站发车的三十七次列车。这趟列车不是快车，是唯一开往大阪的有二等卧铺的列车。以往我临时买卧铺票从来没有售完过。即使下铺，哪怕春假或年末等拥挤时期，也必定能买上票。平常时候，上了车再补卧铺也似乎来得及。东海道线上的卧铺车嘎啦嘎啦作响，是这趟列车独特的风景。是什么原因呢？就是因为不是快车。这趟列车于上述钟点自东京发出，翌日上午十一点四十五分抵达大阪，需要运行十二小时二十五分，比普通快车慢不到一小时。在这之前发出的开往下关的七次普快，晚上十一点从东京发车，到大阪是翌日上午十点三十四分，即费时十一小时三十四分，大体上相差无几。然而这趟车十分兴旺。这是因为人们都被快车这个名称欺骗了。除了快车之外不知道还有挂卧铺的列车，这是一个原因，但更重要的原因是停站多，那种“嘎啦嘎啦”停车的声音也许让人讨厌吧。其实一上车就钻被窝，一直到第二天早晨七八点钟就什么也不知道，而且自京都以后也不停，所谓讨厌也就是大府到京都这一段，时间大约三个半小时，其间比快车只不过多停六站。如今那些头脑精于计算的人连这点儿耐性都没有，非要买快车票不行，真是愚蠢到了极点。但因为这种性急的人很多，那种普通列车空下来了，想到这些也不能光是感到可笑。然而，有人竟然对普通列车一停一开影响睡觉提出抗议，对于这样的人，我不能劝他们乘坐这种列车。与此相反，另有一种极端的人，养成这样一个习惯，睡觉就像坐卧铺，不摇晃就睡不着。于是，就在自家床底下安装一个电动机。我倒不像他们，本来就容易入睡，在火车上也能睡得很好。乘上夜行车不知道过箱根山，不知不觉一直睡到横滨，有时候列车员叫两三次才醒过来。去年底以来，我三次去东京，前几天乘飞燕号回大阪，从未看到过丹那隧道。因为这样，所以三十七次列车对于我真是太合适了。我不仅能尽情睡觉，第二天早晨一醒过来，一切都很顺畅。我大约上午八点到名古屋时起床，这种“嘎嗒嘎嗒”列车的二等车厢，很少上来新的乘客。而且又是卧铺，一人完全占据着一张长长的席位，能自由地伸腿伸腰，睡不够还可以再睡。再说，这一带——自大垣、关原、柏原、醒井到米原，顺着琵琶湖沿岸至大津的风光，已经反复看过多次，但还是看不够。

也许是我一个人的体验吧，沿东海道下行，从车窗可以看到，名古屋这边，房子建筑和自然风物带有东京风味，过了名古屋，这些完全绝迹，感到进入了关西的势力圈内。早上在卧铺车厢一夜熟睡之后，猛地睁开眼一看，窗外一派关西景色，那种心情真是无可言表。我去东京虽说没有什么要紧事，但呆在东京时那种风尘仆仆、一连串忙乱不堪的生活，一上车就截然被斩断了。我让列车员整理好床铺，还想再睡一觉，一看到关原附近长着许多柿树的村落的风景，还有那农家的白粉墙，立即被吸引住，忘记睡觉的事了。不，老实说，我好几天没有看大阪的报纸，本来在名古屋车站托列车员买了一份，打算好好看看，结果扔在身边没有读，人一直守在车窗旁边。火车离开大垣，通过醒井，米原停，彦根停，能登川停，近江八幡停，草津停，大津停。但我绝不感到厌倦和单调。飞燕号打这里倏忽而过，是很可惜的，而这种车通过关原时走得慢，彦根城天守阁、安土、佐和山一带的地势都看得清清楚楚，令人欣喜。要是带着孩子，如果车速不慢一点，要讲解沿途史迹也是很困难的。我在想，同那种短期内尽量走远路的快速旅行相对，给那些在狭小范围内尽可能作巡回旅行的人以小小奖励如何？如此旅行，于以往静静走过的土地上，有时会偶然发现意想不到的兴味。虽说不一定全程徒步，但一处小小的地方，也要开着汽车前往，这种习惯最不好。那样根本谈不上什么旅情，不论经过哪里都不会留下任何印象。

顺便说说，乘火车每每感到不快的是，有的乘客缺乏公德之心。关于这个，好多人提醒过，提倡过，尤其是《大阪朝日新闻》“天声人语”栏目的作者时常发出警告。是的，大阪人在这一点上确实比东京人散漫。我近来不论何事都偏袒大阪一方，但唯独这一件比不上东京人。眼下，听说就连大阪人自己到地方旅行，乘车什么的也不愿遇到同是大阪的人。为什么呢？一家人一起乘二等车，占据着宽大的坐席，旁若无人，大吃大喝，毫无顾忌地放声交谈，橘子皮、剩饭菜，随手乱扔，向素不相识的人问这问那……一看到这些行为不检的种族，可以肯定是大阪人。即使外地人不知道，大阪人自己一看就明白。赏花时节的大轨电车和京阪电车上的一片脏乱狼藉的景象，也不自觉地带到别国去了。当地郊区的电车都是如此，大家都这样，没办法；但到了旅游目的地，大阪人的缺点就暴露无遗，就连同乡人也爱憎分明。但是，这不意味东京人就有资格嘲笑大阪人。我们公德心的缺乏产生于远古封建时代的生活方式，由来已久；另一方面，又同我国的淳风美俗相结合。从大处考虑，有时候是理所当然的，要想完全矫正过来，不是那么容易。尽管如此，一看火车上的情景，自称亚洲盟主、三大强国之一的一等国民，根本不够资格。有的说二等乘客比三等乘客更厉害，至少那些稍有教养的人士和一般群众一样干出不守礼仪的事情，给人造成的不愉快就不可同日而语了。举出一些小事为例子，有人去餐车、厕所时，不关好走道上的车厢门，冬天，哪怕有一点儿缝隙，也会飕飕进来寒气，要是靠近厕所旁边，就能闻到一股股的臭味。这些都是不言自明的事情，偏要从背后用手“啪哒”一关，也不回头看看就走了，留下一道一两寸宽的门缝，必须有人重新关严实。坐在车门口附近的乘客大遭其难，不得不一次次干着同一桩差事。光是自己一个人干这件事，心中尽管感到窝火，但放置不问，只好自己首当其冲忍受寒风臭气的袭击，所以只好伸手。人人都有可能遇到这种倒霉的事，但自己通过时还是毫不在乎给别人添麻烦。最叫人生气的是，从餐车回来的路上，嘴里含着牙签的乘客接连不断地走过去，最后的一个人还是不关门，心想还会有人来，就那么敞开着。还有，火车上的厕所用过之后都有完善的抽水设备，还贴着注意事项，但是照着实行的人一百个人中不到一人。不，不光这个，在洗脸池里洗过脸，不把脏水放掉，后来的人必须为前一个人放走废水。这就如同便后不擦屁股，这当然谈不上什么公德，是人人都懂得的常识，可谁也不觉得奇怪和耻辱，实际上不能不说是不可思议的“文明国民”。当然，日本人的这种恶习不仅限于火车，但是以火车为最，甚至那些在其他场所遵守礼仪的人，一到火车上就立即忘记平素的习惯，这就更加令人感到不可理解。

冬季旅行苦恼的是，火车、轮船、饭店、旅馆、电车和汽车等，有的有暖气设备，有的没有。而且温度不一样，容易引起感冒。带着柔弱的妇女、儿童一道旅行，特别叫人担心。当然，有时住宅楼内的冷气设备也会害人，这种便利设施所产生的不便，在都市日常生活之中也经常发生；不过旅行之际，一天里会更频繁遭遇温度的变化，而且这种变化又是突如其来的。为此我想起一件事，某年冬天，夜里十二点乘坐由高浜开往别府的轮船，有两三间空闲的船室，船员带我到其中一间，说："这里最暖和。"因为开足了暖气，热得受不了。我心想躺下来总会好些，上了床铺，尽量穿得少一点，谁知过了一会儿，头昏眼花，大汗淋漓，简直像洗蒸汽浴一般。不得已只好脱光内衣，只穿一件浴衣，全部掀开毯子，还是汗流不止。为此我一整夜翻来覆去，十分烦闷。船舱狭窄，通风不良，又靠近锅炉，没有暖气还可以，如果将这个很热的地方特别用来优待客人，不能不怀疑他们有没有常识。再说有一次，我从内海的一个岛乘船到另一个岛去，这是不足五百吨的小汽轮，没有船室，一走进拥挤的船厅，热得直想呕吐，大粒大粒的汗水向下淌。心想，回程时还得被蒸煮一番。谁知回去的班船乘客很少，为了节约暖气，一间大房子只放了一只火盆，里头堆着快要燃尽的炭块。糟糕的是，这船舱三面开窗，比起那透过窗缝吹来的寒风，这火盆形同虚设。如此一冷一热，急剧变化，不管多么小心翼翼的人都要感冒。但是过热比过冷更难受，乘东海道线快车，有时候暖气太热，夜晚还好，白天天气晴朗的时候，太阳透过车窗照进来，已经够暖和了，再加上这么多乘客的体热，多少总会有些调节吧。我比别人更容易上火，想一想今天大多数日本人都住在没有暖气设备的房子里，一提起那样的热来，我就不想乘坐东海道昼间列车来回了。尤其是名古屋至静冈、沼津之间，午后的日光强烈地照射进来，又赶上慵懒的时候，身子被热气熏蒸着，连读报的力气都没有，也没有兴趣观赏外面的景色，只感到昏昏欲睡。这不是那种处在春风骀荡的心情中的睡意，这样的睡眠一睁开眼来，浑身汗腻腻的，骨节酸痛，口中焦干，反而更觉得疲倦。此外，还有不少人感到咽喉疼、头疼，像喝醉酒一般。然而，西洋人却能呆在闷热的屋子里工作、谈笑，我每每为此而感到惊讶。由此看来，日本铁道部仍然保留明治时代那种不顾日本人、而一味迎合西洋人的殖民地根性。

年轻时候，觉得西式的饭店也不错，年岁大了，各方面总是怀恋日本的旅馆。我也曾经有一阵子不到没有饭店的地方旅行。如今相反，哪怕稍稍忍受些不便，也要挑选日本风格的旅馆。要知道，往往在忍受着不便的地方能尝到为人所不知的旅情，因此，那种城市风格的过于周到、无微不至的服务反而感到不能尽如人意。我每住到一个生疏的地方，向人打听，阅读导游文章，选定两三家旅馆的名字，然后在这几家旅馆前面走一遍。即使从车站乘坐汽车去，也决不让司机停靠，而是打这两三家旅馆门前驶过去，先看看店面，然后选定一家。傍晚，抵达目的地，心想，哪一家旅馆在等待自己到来呢？淡淡的乡愁，伴随着好奇心、疲劳和饥饿，在远近各处灯火熠熠的乡间村镇彷徨踯躅，那个时候的心情啊——即尚未选定住处、或徘徊于歧路、或伫立于桥头时的心情——青年时代过着放浪生活的我，至今依然憧憬那富于感伤的夕暮，那是引我踏上旅途的一种魅人的诱惑。每逢这时候，我的脚将迈向哪一家旅馆呢？我选定的不是具有现代风格的，而是有几分落后于时代的，就像默阿弥[①]世俗戏剧和长谷川伸君流浪故事里出现的，一句话，不是“旅馆”，而是“客栈”式的极富风情的居所。

然而，近来当地那些老字号的一流旅店，逐渐由客栈向旅馆转化。他们一边保留从父祖那代继承下来的店面；

① 河竹默阿弥（1816—1893），歌舞伎脚本作家。本姓吉村，后改姓古河。师事五世鹤屋南北，袭名二世河竹新七。长于创作戏剧，辞藻丰富。主要作品有《三人吉三廓初买》、《白浪五人男》等。

一边在别处建造“分馆”，那里不合我意。我喜欢那种庭院深深、结构纵长的旅店，面临大街，一进门迎面就是宽广的楼梯，透过二楼的栏杆可以俯瞰街上的行人。而且要显得气势雄伟，最好能像古市的油屋①、琴平的虎屋②那样。有时候，荒寒的小站和停车场前的客店，也不是不可以住它一个晚上。而且，客厅的木材等，比起新的，还是黝黑光亮的更显得沉稳、厚重，令人想起这座城镇的历史或传说。

当然，这种旅店设施陈旧，会有各种各样的不便之处，必须要有耐得住这些不便的思想准备。首先使人失望的是没有暖气等设备。不论多么严寒的时节，除了被炉、围炉和热水袋之外，再没有别的。厕所不可能有抽水马桶什么的。饭菜虽说有两类，而且花样繁多，但一般味道不好，用上方话说就是所谓“难吃”。但是，带有时代烙印的壁龛柱子、书院和走廊一侧的一组组障子门窗，栏杆上以及栏杆间隙之间的雕刻，庭前树木、苍苔、灯笼和花草，一

---

① 古市位于三重县伊势市，曾是日本三大花街之一。油屋是位于古市的一家大妓院。

② 琴平位于香川县仲多度郡，虎屋是该地一家拥有悠久历史的旅馆。

切都显得那么周到、细致，尽量让人住得舒心。这就是最好的款待。只有这种旅店，对于别的事漫不经心，于壁龛等处的装饰尤为在意，挂轴和插花都布置得十分自然和仔细。

从前我经常去的山阴某城市的一家旅店，受到近年这座城市出现的新式旅馆的排挤，生意清淡，预先打电报然后再去，壁龛已经新换了插花。不是随便摆上就算了，方法是在十分考究的薄口花瓶里，认真布满枝条，采取天、地、人的插花风格。一问女侍，说老板学的是“未生流”①，这是他亲自做成的。这虽说是日渐冷清的乡间旅馆老板和与之相应的消遣，但总使人感到那端庄的花朵里包含着一种诚恳待客的良苦用心。此外还有桌子、衣架、扶手、烟灰缸、火盆、砚箱之类，不是临时凑合而成的，都那么敦实，大方，这类东西很多。然而，近来东京一带饭馆似乎并不看重这些古董品的价值，因为这些祖先留下来的东西不合乎今日的时尚，只是临时拿来应景罢了。不过，

① 插花的一种流派。文化、文政时期兴起于大坂，山村山硕（未生斋一甫，1761—1824）为始祖。

这种旅店，没有人告诉你外出时来客，托他们办事也很麻烦，一大早就来开挡雨窗等等，会遇见各种各样的不便。你必须清楚，住在这种地方，就是为了培养一种忍耐力，为了长久地磨炼自己。冬天，我尽量不住进这种旅店，因为虽说不很怕冷，但如此忍受着住下去，还是经常会感冒的。

日本旅店最头疼的事情之一是，女侍出入客厅时总是大敞着隔扇。这和上面提到的火车上的情形一样，日本人的坏习惯即使在一般家庭里也很常见。但是旅店的客人互不相识，房间挨着房间，真希望她们能神经绷得紧一点儿，偏偏到里屋跟客人说话的时候，很少有女侍把走廊之间的隔扇关好。这还不算，出去以后也还大敞开着。如果说一次次运送饭菜和酒桶，出出进进，每次开开关关十分麻烦，那么，到厨房去的时候也开着，这就说不过去了。首先，房间里放着衣服和用品，从走廊上看起来不光显得杂乱，要是冬季，就更添一层寒冷，越发使人恼火。本来屋子里就没有火炉，很难暖和起来，现在点燃了炭火，又加了被炉，也可以忍下去，女侍一进来，就冻得直打哆嗦。还有，从走廊经过里屋再到客厅，有两道隔扇，一道也没有关。冬天住进旅店，十有八九会碰到这种倒霉事儿。我总觉得奇怪，平时为何不进行教育呢？还有一件怪事就是关于火车和轮船的衔接情况、游览的路线以及当地的情况等，一问那些女侍，没有一个人能做出明确答复的。不管问什么，总是回答："不知道，我去问问老板。"当然，问问清楚总比乱说一气要好，但这些问题并不难，诸如哪里到哪里多远，乘汽车要花多长时间，车费多少等等，在当地只要是小学毕业的人都知道。因为在陪侍进餐的时候，也没有其他的话题，只是顺便问问而已。可是从来都不会有人能滔滔不绝地回答。"这个嘛……"嘴里咕叽着什么，低着头只顾傻笑。这时候哪怕一个澡堂子的伙计，只要碰到的是个男人，也略知一二，而女人本来就对地理历史不感兴趣，也没有人对她们就当地情况实行专门教育，再加上又不想主动了解。这也证明旅店的女侍中很少是当地人，多数都是外地来的。在普及一切教育的今天，连这些简单的问题都不能回答，这是说不过去的。希望旅店老板、领班引起重视，进行普通的乡土常识教育，光是口头教育还不够，有时也可以组织远足，让她们参观附近的名胜古迹，施行这种带有慰劳性的现场教育。既然从事服务行业，做好这些准备工作，难道不应该吗？

据饭店经理说，西洋人稍有不周就不答应，一有不满立即骂娘，但日本人相反，一般都是忍耐着不说。这就更难于应付了。旅行总是尽量寻求舒适——宾至如归，就像在自己家里一样。如果说这是一种现代思维，那么旅馆方面自然就会竞相添置设备力争达到这种要求。但是我们也不能抛弃让自己的爱子去旅行的老习惯。而且可以趁着旅行的时机，矫正偏爱美食、睡懒觉、运动不足以及其他不良行为。至少旅行期间不再奢侈，可以养成艰苦耐劳的习惯。我等因职业关系，时常要改换心情和环境，将自己从日常生活的锁链中分离开来。抱着这样的目的出外旅行时，常常变换服装和姓名，乘坐三等火车轮船，住一住便宜的旅馆。实际上，干我这一行的人，一到乡下就会成为宣传工具，被新闻记者和文学青年所追逐，所以一不小心就无法实现那种“孤独之旅”。改换一下姓名和身份，完全变成另外一个人，这时走到广大社会上看一看，也别有一种趣味。我这人很害羞，人家一听说是小说家，把我当先生看待，我就很难为情，浑身感到不自在。换个名字出来，到哪里都能自由和人谈话，找到意想不到的旅伴。从此种意义上说，我非常喜欢乘三等船舱。漫长的国际航线不会有人认识，但是乘坐纪州或内海的轮船一等舱，当天就要和船长、事务长打招呼，和同室的乘客交换名片，令人厌烦。可是乘坐三等舱，一跌入挤满众多船客的大客房里，谁也不会在乎你，实在感到心情舒畅。这时候，我可以倾听自己身边的乡间老爷爷、老太太以及请假回家的青年侍女们的家常话，高兴时也主动搭讪几句。大阪、阪神沿线看来有许多四国周边前来打工的侍女，乘坐开往别府的三等船舱，经常碰到一群这样的少女。细思之，时常做一做三等旅行，以便看看不同的世界诸象，不仅对小说家，就是对政治家、实业家和宗教家来说，不也大有必要吗？

厕所种种

我至今仍常常想起我在厕所里所获得的最难忘的印象。那是在大和的上市町一家面条馆里。由于内逼，求人带领来到一家内庭面临吉野川河滩的厕所。那种沿河而居的人家，一到内宅，一般都是两层楼高，下面还有一个地下室。面条馆也是这样的建筑，厕所设在二楼，跨临之际向下窥伺，遥远的下方令人目眩。可以清楚地看到土地、杂草，田里盛开着菜花，蝴蝶飞舞，行人往来不绝。就是说，这厕所悬在两层楼高的河崖之上，向河面伸出。我脚踩的木板下面，除了空气再没有其他任何东西。我肛门排泄的固体由几丈高的空中降下来，掠过蝴蝶的翅膀和行人的脑袋，坠落在粪坑里。从上面虽然可以看到坠落的情景，但既听不到青蛙跳水的响声[①]，也没有臭气浮升上来。从高处俯视那块溷浊不堪的粪坑，一点也不觉得有什么不洁之处。我想，在飞机上使用厕所也就是这种感觉吧？秽物降落之际，群蝶上下飞舞，下边是一片油菜花田。再没有比这更为风流潇洒的厕所了。不过，入厕的人当然舒服，但却苦了下面的行人。因为河滩宽广，沿住宅后边有田地，有花坛，有晒衣场，少不了有人在那里进进出出。总不能时时顾及头上，又没有竖立一块“空中有厕所”的木桩。一不留神就会打下面穿过，这就指不定什么时候会受到天上“牡丹饼”的洗礼了。

城里的厕所其清洁自不待言，但已没有什么风流可谈了。乡下土地空旷，周围树木茂密。一般来说，堂屋和厕所相距较远，其中有走廊相连。纪州下里的悬泉堂(佐藤春夫乡居)，建筑面积虽小，但据说庭院就有一万平方米。我去的时候是夏天，长长的走廊通向庭院。长廊的一端是厕所，包藏于一片荫荫绿叶之中。这种地方，臭气立即消散

① 松尾芭蕉俳句：“古池蛙跳水，叮咚一声喧。”

在四周清爽的大气里，仿佛凉亭小憩，没有什么不净之感。总而言之，厕所最好尽量接近泥土，设在同自然紧密相连的地方，同那种置身于丛莽之中、仰望蓝天的野外出恭毫无二致。故以粗朴、原始者最为惬意。

已经是二十年前的事了。长野草风[①]画伯去名古屋旅行归来说，名古屋这个城市文化颇为先进，市民的生活水平不亚于大阪和京都。问他根据什么，他说，不管应邀到哪一家去，都能嗅到厕所的气味，故有此感。据画伯所言，不论扫除如何周到的厕所，必然都有淡淡的气味。这种气味是由防臭的药味、粪尿的臭味、庭院的杂草、泥土和苔藓的气味混合而成的。而且这种气味每家每户都稍有不同，上等人家有上等的气味。因此，只要闻闻厕所的气味，大体就能想象这户人家的人品如何，过着怎样的生活。听说名古屋上流家庭的厕所一概都是清幽典雅的气味。可不是吗，这样说来，厕所的气味确实含有一种令人依恋的甘美

① 长野草风（1885—1949），明治、昭和时代的日本画画家。

的记忆。例如，阔别故乡的游子数年之后回归自己的家里，进入厕所嗅到往昔闻惯了的气味，幼时的记忆渐渐复苏，“终于回到自己家里啦!”——一股浓浓的亲情溢满心头。至于那些曾经去过的饭铺或茶馆，同样如此。平时已经忘却，偶尔光顾，进入此家的厕所，过去享受过的欢乐之情一一浮现出来，自然催起你往昔一番游荡的心理和浮艳的情怀。说来也奇怪，我认为厕所的气味具有安神的效用。厕所是适于冥想的地方，这是人人皆知的。但现在的抽水式厕所已经不好这样说了。这里肯定有多种原因，其中抽水式厕所一味讲究清洁，已经没有草风氏所说的那种雅致的气味。这一点也许有很大关系。

志贺君①跟我提起，他从已故芥川龙之介那里听到过关于倪云林②的厕所的故事。云林是中国人中鲜有的洁癖

---

① 志贺直哉（1883—1971），小说家，“白桦派”代表人物，著有《和解》、《学徒之神》和《暗夜行路》等。

② 倪瓒（1301或1306—1374），号云林，元代画家，无锡人，与黄公望、吴镇、王蒙并称“元四家”。

家。他搜集众多飞蛾翅膀放入壶中，置于地板之下，垂粪于其上。这无疑是用一种动物的翅膀当做粪纸以代替沙子。因为蛾翅是非常轻柔松软的物质，可将坠落的牡丹饼立即埋没而不为所见。古往今来，未曾听说厕所之设备有如此奢华者。粪坑这东西不管制作得如何漂亮，揩拭得多么卫生，但一想到此物，就产生一种污秽的感觉。唯独这种蛾翅的粪纸，想象着就很美。粪团自上吧嗒而下，无数蛾翅烟雾一般腾升起来。这些干爽的蛾翅，含蕴着金色的底光，薄亮如云母的碎片。在没有留意究竟为何物时，那种固态的东西早已为这团云母的碎片所吞没，即使事先做充分的预想，也丝毫没有污秽之感。更令人惊奇的是，搜集这么多蛾翅得花多大工夫！乡村的夏夜，纵然有许多蛾子飞来，但要满足此种用途，则需要多少翅膀！而且每次都必须一遍一遍地更换。可见，要动员一大批人，于夏夜捕捉千万只蛾子，贮存起来以备一年之用。这种极尽豪奢的事儿，只有在古代的中国才会发生。

倪云林的苦心在于使自己体内坠落之物绝对不能进入

自己的视野。当然，即使普通的厕所，如果你不喜欢看也可以不看。不过这也不是看什么可怕之物，而是看污秽之物，既然是可视之处，有时总会不经意看到的。因此，还是设计成不可见为最妙。我想最简单的办法是使地板下一团漆黑。这并不费事，只要把吸出口的盖子弄紧而不留缝隙，就能防止透光。最近，许多人家不大注意这一点。另外，将粪池和地板的距离拉远，使上面的光线照不到下头。

抽水式厕所，自己的排泄之物不管喜欢不喜欢都能清楚地看见。西洋坐式马桶还好，尤其是日本的蹲式厕所，在冲水之前，秽物紧紧盘曲于臀下，如果吃了不易消化之物，便一眼可见，倒是很合乎保健的目的。但忖度起来，说句不太礼貌的话，至少我希望那些云鬓花颜的贵妇人，还是不知自己所出之物是何形状为好，哪怕撒谎也最好装出一无所知的样子。因此，假如依我所好建造厕所，还是避免抽水式，像往昔那样，尽可能使粪池远离厕所的位置，比如建于后庭的花坛或田地之中。即使厕所和粪池之间有些坡度，用管道等将污物输送过去。这样，地板下面没有明亮的出口，就会变得幽暗。也许会有些冥想和风雅般的气味，但绝对没有令人不快的恶臭。此外，厕所下面没有虹吸装置，不必担心正在进行之中会演出仓皇外逃的丑态。种植蔬菜和油菜的人家，将这种粪池设置于另外的地方，也便于掏取肥料。我想大正时代的便所就是这个样子。因为是在土地自由使用的郊外，比起抽水式，我还是想向大家推荐这一种。

小便池的喇叭口里填满杉树叶，最富风雅之味。但是到了冬天，会有浓浓的水汽上升。这是因为有了杉树叶，该流走的不能流走，只能悠悠然经过叶缝而渗下。放尿之中，温暖的水汽扑面而来。自己体内所出之物，尚可忍耐，要是刚刚继前人之后而来，必须耐心等待着水汽散尽才行。

饭店或旅馆等地，有时焚烧丁香以消臭。不过，厕所最好使用一般的樟脑或萘丸来保持特有的高雅气味，不必使用太高级的熏香料。因为白檀木用于治疗花柳病之后，已经不再给人好印象了。提起丁香，在过去这是一种容易惹人联想情爱的香料，把丁香和厕所放在一起，真是大煞风景。若此，就连丁香浴也不会有人去泡一泡了。我爱丁香之香，故特忠告之。

在学校里学到“上厕所”这句话用英语说是“I want to wash my hands”。实际究竟怎样？我没有去过西洋。在中国的天津，我住过英国人开办的旅馆。当时我在餐厅小声问一名侍者：“Where is toilet room?”他大声反问：“W. C. ?”使我目瞪口呆。最使人难堪的是在杭州的中国人旅馆里，因为突然拉肚子，急着上厕所，这倒很好。但那里只有小便池。我一下子惶惑了。为什么？因为我没有学过“大便厕所”这个英语词儿。我于是就说：“还有另一种地方。”侍者还是猜不出来。要是别的事儿，可以用手势加以说明，可这种事儿实在没有勇气打手势。这期间，内逼愈发急迫，弄得十分狼狈，有了这次体验，就想学好这方面的英语，实际上，到现在还是不知道。

如果不小心打开正在使用中的厕所，往往会叫一声："哦，有人！"这种场合的"有人"用英语怎么说，你知道吗？——很久以前，近松秋江[1]氏在一次宴会上曾提过这样的问题。也许秋江氏在旅馆或什么地方的厕所里曾听到过西方人说过这句话吧。这种场合应该说："Some one in."——当时秋江氏教给我。其后二十多年来，一直没有实地运用这句英语的机会。

改造社的职员浜本浩君去京都出差，有一天，他到我位于冈本的家中来看我。回去时乘梅田开往京都的火车。他在车上进厕所用力关门时，金属把手掉了，门再也打不开了。他大喊大叫，拼命敲门，由于火车正在行驶之中，谁也没有听到。他想这下子坏了，再也出不去了。于是拎

① 近松秋江（1876—1944），小说家、评论家。

起地上的金属把手哐咚哐咚用力砸。有个乘客听到了，告诉列车员，在快到京都之前才把门弄开。我听到此事，每当乘火车上厕所，开门时特别小心，从不用大力气。普通列车可以在靠站时打开车窗求救，要是乘夜间快车，遇到这种灾难时真不知要被困在厕所里多久呢。

再版后记

谷崎润一郎是日本现代唯美派作家，他的小说《春琴抄》、《细雪》、《痴人之爱》等，早已为我国读者所熟知。二〇〇九年初，上海译文出版社约我翻译谷崎散文名著《阴翳礼赞》，经过考虑我接受了这个任务。

老实说，我并不想马上接触谷崎，虽然我以前译过他的一些零篇散章。我原来有一个计划，打算于适当时期，将谷崎夫妇的散文统筹一下，出一个比较完整的合集，这样也许更能全面而深刻地反映谷崎散文的审美意趣。我认为，要理解谷崎，决不可忽视谷崎文学的另一个缔造者——松子夫人。

谷崎三十七岁之前居住于关东小田原，一九二三年关东大地震后移居关西。一九三二年初，谷崎始以“倚松庵”为各处住居的雅号，同年四月创元社出版包括《懒惰之说》等文章在内的随笔集，书名即为《倚松庵随笔》。各地倚松庵中，位于神户市东滩区的一处最有名（一九四一年后多称“松廻舍”）。谷崎于一九三五年同根津松子再婚后，翌年十一月起同夫人、诸妹居此至一九四三年为止，这期间完成长篇小说《细雪》等名作。

一九七五年十月，中央公论社将原《倚松庵随笔》集中的《懒惰之说》一篇，连同后来陆续发表的五篇合成一集出版，题名《阴翳礼赞》，即为本书之始。一九七九年，该社又将松子夫人悼念亡夫的十多篇随笔，结集为《倚松庵之梦》出版发行。

这个集子里的六篇文章的确是谷崎散文的代表之作。尤其是《阴翳礼赞》和《恋爱及色情》两篇，集中体现了作家对东西方（尤其是日本和国外）文化、文学艺术的独特视点。作者对于这两者的差异，进行了深入而细致的剖析。应当承认，谷崎的这些分析是中肯的，令人信服的。作者的笔墨也触及了中国文化和中国人的生活层面，虽然年代已很久远，中国早已今非昔比，但读一读这些文字，对于认识我们的历史文化和开创新的文明生活也有一定的参考价值。

本书系根据日本中央公论社一九九五年九月版《阴翳礼赞》翻译，正文未作任何删削，或许是目前最完整的中译本。考虑我国读者的实际情况，为了便于阅读，各篇适当添加了一些脚注，而尾注则是从原注中择取的部分条目，并查对了原典，重新编号。其余条目予以省略。

陈德文

二〇一〇年立冬之日

于日本爱知县高森山庄闻莺书院

ISBN 978-7-5327-7109-7